LE SILENCE MÊME
N'EST PLUS À TOI

DU MÊME AUTEUR

LA VILLE DONT LA CAPE EST ROUGE, Actes Sud, 2003.
LE MANDARIN MIRACULEUX, Actes Sud, 2006.
LES OISEAUX DE BOIS, Actes Sud, 2009.
JE T'INTERPELLE DANS LA NUIT, Meet (Maison des écrivains étrangers et des traducteurs de Saint-Nazaire), 2009.
LE BÂTIMENT DE PIERRE, Actes Sud, 2013.

"Lettres turques"
série dirigée par Timour Muhidine

Titre original :
Artık Sessizlik Bile Senin Değil

ISBN 978-2-330-07388-6

ASLI ERDOĞAN

Le silence même n'est plus à toi

chroniques traduites du turc
par Julien Lapeyre de Cabanes

ACTES SUD

AU PIED D'UN MUR

Était-il vraiment chiffonnier, ou bien, comme il l'a laissé entendre, policier en civil, je n'en sais rien. "Il m'a sauvé la vie", me suis-je répété plusieurs fois, je le dis pour m'en convaincre, comme une issue de secours dans la nuit dont je chercherais le code. Elle – la nuit –, j'en ferai un récit personnel, au passé, je lui trouverai une place au milieu des signes de ponctuation. Sans doute que je n'ai même pas dit merci.

"Couche-toi ma sœur ! À terre ! À TERRE !" Il hurle autant qu'il peut, cherchant à couvrir le bruit de la canonnade, il indique le mur. "Baisse la tête !"

La nuit du 15 juillet, devant la caserne de Harbiye. Juste à côté, à la radio, de terribles combats durent depuis des heures, les ambulances amènent toujours plus de blessés, il y a des morts. Les snipers déployés autour de la caserne empêchent quiconque de traverser l'avenue. Sur le trottoir d'en face, environ deux cents personnes, braillant des slogans et au cri d'*Allahou akbar*, essaient d'avancer, on ouvre le feu, ils se recouchent sur le pavé... Nous ne sommes pas au front, mais sur l'une des avenues les plus larges et ouvertes de la ville, aucun endroit où se terrer, quelques bouts de verre, d'aluminium et de plastique ne vous protègent pas de la guerre. "C'est plus sûr de notre côté", avait lancé le chiffonnier un peu plus tôt, avant que les snipers ne repèrent trois à cinq personnes retranchées dans l'ombre...

"Je suis bien rentrée, c'est le coup d'État. Je vais bien", j'ai envoyé le message puis je suis sortie dans l'intention d'aller jeter un œil du côté de Mecidiyeköy. Si les policiers ne m'avaient pas gentiment autorisée à passer le premier carrefour traversé cette nuit-là, je n'aurais pas insisté, pas tenté les petites ruelles. Ce n'était pas que les rues s'étaient un peu vidées, elles étaient désertes... Au premier appel, une foule gonflée à bloc marche comme un seul homme vers Taksim en criant des slogans qu'on entend rarement. C'est la queue devant les distributeurs automatiques et les boulangeries, la parade bariolée et les sirènes des pompiers... Aucun soldat en vue, ça ne ressemble pas au 12 Septembre*, mais n'évoque pas non plus le calme de Gezi. C'est plus flou, plus inquiétant... Au milieu de ces lumières ténues, des bruits et du tumulte, j'ai l'impression de me

* Coup d'État de 1980. *(Toutes les notes sont du traducteur.)*

trouver dans un théâtre dont on aurait changé le décor. Comme si cette nuit allait sortir hors de ses gonds, repousser ses extrémités, jusqu'à se transformer en une contrefaçon d'elle-même, grossière et tape-à-l'œil…

Toujours plus nombreuse, en rangs toujours plus serrés, la foule marque un arrêt à Osmanbey. Premières détonations, le chaos, la panique… Certains s'enfuient dans la mauvaise direction, d'autres par les ruelles… Les soldats ont ouvert le feu, la nouvelle se propage rapidement. On échange des informations à chaque carrefour. Une jeune fille portant voile et drapeau, et malgré les regards désapprobateurs de celles qui l'entourent – sans doute qu'elles se méfiaient de moi, la femme en bleu, la taciturne – commence à me raconter : "Ils ont ouvert le feu depuis le Scorpion*… Quelqu'un marchait juste devant moi, il a été touché au front. J'en ai vu un autre à côté de moi qui était touché à la jambe." Une ombre de chagrin parcourt son visage qui peine à contenir ses yeux immenses : "MORT… J'imagine… Quand on est touché au front, on meurt, pas vrai !?" Quoi qu'il advienne, la clameur augmente, je me laisse entraîner vers la source des coups de feu qui redoublent, telle une barque sans gouvernail emportée par la bourrasque. Le bruit atroce des fusils d'assaut se répercute d'immeuble en immeuble. La nuit semble désormais

* *Akrep* : jeep blindée utilisée par l'armée turque.

un tissu en lambeaux, une passoire, une nouvelle ombre semblant fermenter dans ses plaies et ses trous. Je me joins à la foule “sans distinction de classes ni de privilèges, tous unis”, soudée d’un bloc pour faire face aux salves. Des drapeaux turcs de toutes les tailles, que certains portent enroulés autour du corps à la façon d’un suaire… Symboles que les soldats de Mustafa Kemal ont abandonnés aux miliciens de Recep Tayyip. À leur tour de crier : “Cette patrie est notre patrie, cet État est notre État !”… La colère de la foule augmente à mesure que les balles pleuvent, je cours du côté de la caserne abandonnée par le Scorpion…

À présent, recroquevillée au pied d’un mur entre deux hommes, probablement deux policiers, la tête baissée et enfouie entre mes bras, j’attends.

Entre les salves des armes automatiques et la fureur de la foule chauffée à blanc… Au beau milieu d’une guerre, plus vraie que réelle, mais dont la réalité n’évoque même pas celle d’un rêve, une guerre à laquelle je ne trouve aucun équivalent, comme au bout du bout du monde, dans ses confins les plus sauvages… Entre l’impossibilité de partir et celle de rester, je me suis repliée sur moi-même comme un point d’interrogation qui se tord le ventre. Entre la terre et la pierre, entre l’obscurité de la nuit et la noirceur des hommes…

*

(Nuit du 15 juillet, Harbiye. Cent mètres plus bas, à la radio, les combats durent depuis des heures, les ambulances amènent toujours plus de blessés… Les snipers déployés autour de la caserne empêchent quiconque de traverser l'avenue. Couchées sur le trottoir d'en face, environ deux cents personnes sont clouées au sol par une pluie de balles…)

Recroquevillée au pied d'un mur, la tête enfouie entre les bras, entre deux hommes, probablement deux policiers en civil, j'attends. Entre les salves des armes automatiques et la colère de la foule chauffée à blanc… Au beau milieu d'une guerre, plus vraie que réelle, mais dont la réalité n'évoque même pas celle d'un cauchemar, une guerre à laquelle je ne trouve aucun équivalent, comme au bout du bout du monde, dans ses plus sauvages confins… Entre l'impossibilité de partir et celle de rester, j'attends repliée sur moi-même comme un point d'interrogation qui se tord le ventre. Entre la nuit et l'aube, la pierre et la terre, entre l'obscurité de la nuit et la noirceur des hommes…

Une explosion terrible ébranle le sol, elle fait trembler la ville comme un panneau à demi arraché. On croit d'abord à un bombardement aérien, quelqu'un insiste pour qu'on tire des roquettes… “Regarde, dit le chiffonnier-policier sur le ton d'un instructeur militaire qui forme un bizut, celui-là qui passe au-dessus de nous, c'est un F16! Suivi d'un F4!" Il y a des années, étudiante en physique, j'avais analysé la mécanique des ondes, à l'origine d'explosions lors du franchissement du mur du son. Explosions en série qui étouffent même le fracas des fusils d'assaut G3, pourtant insupportable, marteaux géants qui s'abattent sur et dans mon crâne... Des fissures et des brèches colossales s'ouvrent dans la nuit, la réalité déborde d'elle-même comme les eaux d'un torrent déchaîné, s'éparpille au hasard comme une pluie de confettis. En fond, plus que des voix... Les voix de ceux qui n'ont pas pu s'abriter, qui n'ont pas réussi à s'enfuir... Lambeaux d'obscurité étirés sur le pavé, longues ombres immobiles agrippées à la froideur et à l'humidité des murs, et roulées en boule dans ces ombres, quelques personnes si pétrifiées que leur sang ne semble plus couler... Qui sait comment l'idée me vient, mais j'appelle ma mère, sans penser une seule seconde à l'heure qu'il peut bien être. C'est une autre temporalité, où les heures n'ont pas cours, où rien n'en fait bouger l'aiguille... Je veux entendre une voix lointaine, m'accrocher à cette voix pour reprendre pied dans la tente de ma propre nuit... Mais je ne veux pas entendre ce qu'elle dit. "Qu'est-ce que tu fais là-bas?" demande-t-elle en soupirant... (Deux chiens des rues, affolés par les explosions, passent à toute vitesse devant moi, l'un derrière l'autre comme deux vieux briscards, ils courent à perdre haleine, plus bas, vers le centre des combats, en plein milieu des balles… Sur le trottoir d'en face, un homme, une armoire à glace, se lève et, fou de rage, hurle : "Vous allez finir par être à court de munitions !" Il montre ses mains, ses paumes vides, criant aux tireurs qu'il distingue mal dans l'obscurité : "Regardez-moi, je suis désarmé, mais je vais vous démolir de mes propres mains !"… Deux Afghans de quinze, seize ans, avec lesquels un instant plus tôt j'avais essayé de parler, réfugiée derrière un maigre buisson – "C'est la guerre entre Turcs et Kurdes ça ?" m'avaient-ils demandé –, repartent de l'avant avec toute l'assurance qu'ils peuvent tirer de s'être sauvés d'une guerre autrement plus violente, mais après même pas trente mètres, ils se réfugient sous un abribus, ils se couchent au sol.) Je ne trouve rien à répondre, incapable de m'assigner une mission, voire même une entité.

Je suis dans l'un des angles morts du destin, un nœud formé de toutes ces routes qui n'en finissent plus de se chevaucher, sans lumière, sans issue et sans retour comme dans un cercueil… Il n'y a plus de temps qui mène jusqu'au Présent, plus de temps qui file comme à travers le chas d'une aiguille, et plus personne pour en assurer l'étendue et la durée sur la base de l'instant… Plus rien désormais ici n'existe qui dissocierait les mots les uns des autres, tous dans la même pelote d'ombre, les mots comme leur négation s'écroulent puis se dispersent, rien ne sépare plus l'espoir du désespoir, avoir peur de ne pas avoir peur, être mort de ne pas être mort.

"Je viens de croiser deux chiens, je crie dans le téléphone serré dans ma main, ils couraient comme des fous. J'ai essayé de les arrêter. Enfin j'ai voulu." Des moitiés, des débris de phrases… Ma voix est sèche, elle rend mes mots illisibles comme du papier brûlé… Je finirai par faire partie de cette histoire, ou bien c'est elle, cette histoire, ce montage nocturne, qui fera partie de moi. "BAISSE TA TÊTE MA SŒUR! Combien de fois faut te le dire!" crie mon instructeur…

(Tout ce qui est raconté ici est vrai, toute cette histoire est une histoire personnelle.)

*

"Il m'a sauvé la vie." Combien de fois l'ai-je dit, à la troisième personne du singulier et au passé, je ne me l'entends même plus dire, je le répète comme un mot de passe, je cherche une porte de sortie dans la nuit. Il y a des instants où la réalité semble bien réelle, par instants seulement… Anonymes comme une impasse et le pied d'un mur. Les histoires viendront ensuite, elles mettront l'interminable réalité – nuit, guerre – entre guillemets. Et cette histoire, ce montage nocturne, remplira la nuit qui se distend comme un immense filet déchiré, de nos mots et de nos corps, ainsi espérons-nous lui donner forme. Sûr que ce n'est pas un chiffonnier, mais un policier chevronné. "À terre, à terre, À TERRE !" hurlait-il en indiquant le mur au pied duquel nous étions réfugiés. (C'était tout !) Cette nuit-là, il était mon seul ami, et je n'ai même pas songé à le remercier.

Nuit du 15 juillet, Harbiye, devant la caserne. Juste à côté, à la radio les combats qui durent depuis des heures sont sur le point de s'achever, on entend crier "Rendez-vous", les ambulances, que les tireurs laissent passer, amènent toujours plus de blessés. Dès le premier passage des F16, le cercle de mitraille qui prenait en étau les civils sur mon trottoir a relâché son étreinte. Au milieu des secousses et du fracas des bombardements, je "bats en retraite" pas à pas, trouvant abri de creux en recoin, d'arbre en arbre. "Tu as la technique, ma sœur !" me lance mon instructeur en guise d'adieu…

Les émotions et l'expérience ne nous reviennent qu'ensuite, bien plus tard. Sous une forme méconnaissable, comme du marc de café refroidi… Elles poussent puis chutent, comme des épines n'ayant pas su trouver un coin de notre identité où se ficher. Le temps me lance au pas de course loin du mur au pied duquel je m'étais réfugiée, il pousse la nuit à sa fin. À l'aube, le masque d'ombre tombe en lambeaux, ne révélant aucun visage… Je remonte en fantôme les rues par lesquelles je suis venue, les mêmes avenues, rues connues et familières, mais qu'on dirait étirées, rapetissées, déformées. Et semblant ne pas me reconnaître elles non plus, elles refusent de supporter cette nouvelle charge, tout cet épuisement… Comme si à chaque pas mon pied s'arrachait à une boue noire et visqueuse… Talonnée par le souffle d'une créature maléfique prête à la curée, j'essaie désespérément d'accélérer, comme si j'étais montée sur des échasses… J'essaie désespérément de me rendre invisible, de me fondre et de m'évanouir dans l'obscurité pâlissante, de me mêler aux ombres, à la pierre, à la terre, de m'enrouler dans un ultime bout d'étoffe arraché aux lambeaux de la nuit… Comme si un inconnu était mort dans mes bras, je grelotte, tirée par une pesanteur insondable, prise dans une étreinte rigide, je grelotte comme il est inconcevable de grelotter par une nuit de juillet, qui sait depuis combien d'heures durent ces tremblements.

Il m'a choisie depuis le trottoir d'en face, il se précipite vers moi. Un énorme chien des rues, presque de la taille d'un ours brun, sa robe de deux couleurs – sans doute un bâtard de berger anatolien –, le museau noir, la langue pendante ! On voit qu'il est habitué à l'homme, il cherche un compagnon, un camarade pour la route. Lui aussi a compris que je ne me tirerai pas toute seule de cette nuit de menace et d'effroi… Jouant à la perfection son rôle de chien sérieux, galant et zélé, il instaure une distance d'un bras entre nous, et met ses pas dans les miens exténués… Il veille de droite et de gauche et, bravant les ennemis et harceleurs potentiels, s'enorgueillit d'avoir gagné ma fidélité… (Tous deux sommes les rejetons de cette route, de ce voyage nocturne dans la ville secouée comme un panneau à demi arraché.) Les petits groupes nerveux que les F16 acculent ne regardent pas d'un œil bienveillant une femme qui se balade seule à cette heure dans les rues. Je serre contre moi mon compagnon de route à chaque intersection, il s'étonne que je n'aie pas peur là où l'odeur de l'homme est absente. Et chaque fois que nous croisons ces foules hurlantes qui agitent bâtons et drapeaux, c'est à son tour de se serrer contre moi. Il ne veut pas qu'on le caresse, peut-être qu'il trouve ça artificiel et déplacé par une telle nuit, à moins que désormais la tendresse ne soit plus qu'un douloureux souvenir… Il me quitte un instant, s'en va jouer avec d'autres chiens et chats, puis devant le centre commercial Cevahir, plonge dans la fontaine. Quelques minutes plus tard, alors qu'une fois de plus les F16 franchissent le mur du son dans une série d'explosions, je le retrouve collé contre mes genoux, trempé… Aux premières lueurs du jour, au dernier croisement, nous nous séparons. Furtivement, comme deux guerriers vaincus qui ne peuvent se consoler d'avoir survécu, sans se dire adieu… Comme deux rescapés que la mer apaisée rejette à terre une fois la tempête retombée, nous nous éloignons au pas de course, dans des directions opposées, avec l'espoir de se retrouver un jour à l'endroit où nous nous sommes quittés…

Le soleil est déjà haut mais c'est comme si la couleur du sang restait pendue à un crochet sur l'horizon. (Sur le pont les lynchages ont commencé.) Davantage qu'un jour nouveau, il semble que la nuit continue et se prolonge… Venue d'un soleil plus lointain et plus froid, la lumière ne réchauffe ni ne console, elle ne promet rien aux vies qui ont été sauvées ou perdues.

NOTRE JOURNAL

La pluie s'est remise à tomber juste au moment où je sortais de chez moi, et semble devoir s'intensifier. Mais je ne suis pas remontée chercher mon parapluie. Pour descendre au centre-ville, au bord du lac, on met environ une demi-heure. Je marche tous les jours une demi-heure, suivant la ruelle qui descend, longeant la ligne de tramway, et je m'arrête à l'unique kiosque où l'on trouve "notre journal". Le spectacle qui s'offre à moi est plus ou moins celui-ci : de très hauts arbres, plantés au milieu de grands jardins soignés, des immeubles coquets qu'on dirait perpétuellement vides et de vertes collines en pente douce, qui circonscrivent de tous côtés l'horizon… Le brun triste, tirant sur le violet, des montagnes qui surgissent et disparaissent dans la brume… L'odeur de terre mouillée. Dimanche, la neige a recouvert les magnolias, dont les fleurs s'ouvraient joyeusement, presque bruyamment. Elles se serraient entrelacées les unes contre les autres, comme apaisées de voir la “réalité” d’une vie, ou ses mensonges, dans laquelle elles se jetaient en riant, qu’elles chassaient passionnément.

J’arrive au premier croisement et m’arrête là où chaque jour je fais halte, dans l’espoir de me rencontrer. Devant la charmante vitrine d’une animalerie… Il y a là, dans une grande cage confortable, trois perruches qui attendent depuis des mois un acquéreur. Comme un défi adressé aux couleurs sobres et harmonieuses de la ville, l’une est jaune d’or, l’autre bleu cyan, et la troisième verte comme la jungle… La bleue, nerveuse et facétieuse, se plaît à sautiller sur place, la jaune est plutôt fragile, timide et délicate, et la verte, vraiment sympathique. Plantée devant la vitrine, je cherche à croiser le regard de mon propre reflet, et comme tous les jours, je pense à la prison.

Si seulement le propriétaire du magasin, homme revêche, au regard de travers, qui multiplie, à l’aide de rideaux et autres filtres, les obstacles à la communication avec les oiseaux, pouvait prendre son courage à deux mains et venir me parler… S’il pouvait venir me demander pourquoi je reste si longtemps plantée là sous la pluie devant sa vitrine… Alors, prenant moi aussi mon courage à deux mains, je lui dirais que “je pense à la prison. Vous savez, j’avais un ami qui élevait des perruches en prison… C’est un autre ami qui me l’a raconté. Il était condamné à perpétuité, il avait le cancer… Il y a quelques jours, j'ai lu dans le journal, dans notre journal, qu'il était mort." Si seulement il venait me demander pourquoi je reste plantée là sous la pluie, pourquoi je parle avec les oiseaux, cet homme au regard de travers… Je lui dirais : "Un autre de mes amis… Il était en prison. Dieu merci il a été libéré. Je lui ai téléphoné, plusieurs fois, je n'ai pas réussi à le joindre. J'espère que son fils aussi sera bientôt libéré…" Ou bien, sans me soucier de savoir s'il m'écoute ou non, je lui raconterais pendant des heures : "Il y a des années, alors que je revenais au pays, les grèves de la faim ont commencé dans les prisons. Ensuite, quelques années plus tard, quand j'ai commencé à écrire des articles pour la presse… Beaucoup de gens sont morts. J'ai essayé d'écrire là-dessus, sur la faim… Aujourd'hui, au bout de cinquante-neuf jours, la presse se tait, mais la mort continue de rôder…" La perruche couleur jungle est vraiment sympathique, elle tend son bec vers moi comme si elle avait faim, à travers les barreaux de la cage et les rideaux de perles en plastique. Pourtant j'ai les mains vides, et elle le sait parfaitement.

Le propriétaire du magasin ne pose aucune question, il tourne le dos et s'éloigne. La pluie redouble d'intensité, elle ruisselle sur mes yeux. Je suis plantée là devant une vitre qui se fond dans l'obscurité, devant une vitrine pleine d'accessoires pour chiens, comme si je trempais dans mon enfance. Peut-être que là-bas, dans la forêt de l'enfance… Une goutte épaisse, lourde et sombre : ce qui ne saurait être raconté… (Petite, j'avais peur des oiseaux. Des années plus tard, quelqu'un, que j'ai perdu depuis, m'a enseigné comment parler avec eux. Mes visites en prison m'en ont appris davantage. Aujourd'hui, il me semble que les oiseaux m'écoutent.) Un oiseau, sa robe verte comme la forêt dont je m'étais tirée saine et sauve autrefois, a planté ses yeux dans les miens, il tend son bec comme s'il voulait me consoler, il se tait…

Je continue mon chemin. La ville, la foule, les rives du lac… J'arrive au kiosque, et notre journal n'y est plus.

*

Une petite histoire vraie : "J'achète votre journal les jours où tu écris dedans, dit une voix au téléphone. Je ne le trouve qu'au bureau de tabac qui est sur l'avenue. Le patron va le chercher dans le fond du magasin, comme si c'était un produit illicite… La semaine dernière, pour ce journal, j'étais en train de chercher mon portefeuille, un jeune du Sud-Est s'est approché de moi. Il cherchait du travail, dans le bâtiment… Et moi je me suis rendu compte que j'avais oublié mon portefeuille. Rouge de honte, j'ai demandé combien coûtait le journal, il me restait quelques centimes dans la poche. Le jeune garçon m'a regardée, puis il a regardé le journal.

« Ma sœur, il a dit, c'est tout ce qui me reste, prends-le pour lire ton journal… » Il m'a donné vingt-cinq centimes. J'avais honte, en plus j'avais ma carte bleue sur moi, mais bon… Seulement moi, je n'ai pas pu l'aider. Peut-être qu'il n'aurait pas accepté. Mais je n'ai même pas proposé, j'étais si fatiguée, et gênée… Parfois on n'a pas les idées claires, tu comprends…

— Je comprends, ai-je dit brièvement, vous me permettez d'écrire tout ça ?"

DE LA MÉMOIRE
LES GRANDS CHARNIERS

J'ai déjà livré mon sentiment sur mes diverses lectures personnelles, sociales, littéraires, didactiques, etc., m'inspirant d'une ultime intuition de Shakespeare. C'est lorsqu'ils se défendent que les hommes révèlent la vraie nature de leur visage et de leurs actions, c'est au prétexte de se laver de leurs "crimes" qu'ils en viennent à commettre les plus réels et les plus atroces d'entre eux.

Nous avons transformé, en un tournemain, et au prétexte souvent avancé qu'il était politique et non juridique, le vote d'un lointain parlement en un miroir tourné vers les profondeurs de notre âme. Dans ce miroir que nous ne parvenons toujours pas à regarder en face, on peut voir les tonnes de décombres fumants de villes pilonnées pendant des mois par des chars, des cadavres anonymes, démembrés et putréfiés, et sentir une épaisse odeur de pourriture qui macère au plus profond de notre âme. Je cite ici certaines déclarations de nos "plus hautes figures" d'État : "Le mensonge historique d'un verdict nul", "loi immorale", "insulte faite à nos bien-aimés ancêtres", "les racistes du lobby arménien", "les porte-flingues de l'État allemand profond", "traîtres de sang-mêlé"... Quand nous n'y cherchons que les traces de notre propre grandeur, et cet héroïsme racoleur qui interdit toute interrogation des faits et de leur objectivité, l'"Histoire" est un affront terrible fait aux histoires et aux malheurs des individus... Grands charniers de notre mémoire collective, où s'entassent pêle-mêle le passé et le présent, les bourreaux et les victimes... Cette prodigieuse faculté à répondre par l'absence et à nous laver les mains des ravages, des massacres et des catastrophes que nous avons perpétrés...

La question que n'ont même pas le courage de poser ces intelligences qui en restent au niveau de savoir qui est l'accusateur et s'il peut prouver ce qui est avancé, bref du "vous êtes avec ou contre nous", c'est : quelle est la VÉRITÉ ? Savons-nous vraiment qui sont ces morts enterrés dans les fondations de l'immeuble au balcon duquel nous nous égosillons ?

Le concept de "race" a beau être une invention de l'Europe, c'est un sophisme grossier de dire qu'il n'y a jamais eu et qu'il n'y aura jamais de racisme en Turquie. (Posez notamment la question aux "nègres" de cette société.) Donner du racisme une définition définitive, le distinguer du "nationalisme" auquel il est étroitement lié, analyser le passage d'un racisme "phrénologique" à un racisme culturel, presque sans race, examiner à bon droit le positionnement des groupes religieux, nationaux, ethniques – et assurément professionnels – dans la structure hiérarchique, donc les relations entre race, nation et classe, tout cela ne saurait être expédié au cours d'un seul article de journal. (Il y a peu j'ai essayé d'aborder la "question du racisme" en la reliant à celle des identités "kurde" et "turque", avec l'antisémitisme et la lutte pour l'égalité des Noirs, avec le militarisme et la question du genre.)

Et bien qu'ils s'opposent par bien des aspects, je songe à écrire sur les liens existant entre le racisme inhérent aux thèses assimilationnistes et le "racisme de rejet" (exclusion, anéantissement, purification), qui peuvent se rejoindre et cohabiter. Aujourd'hui, dans un pays où l'État s'égosille aux cris de "bâtards de lait, bâtards de sang", j'aimerais bien connaître celui qui ose encore croire que le racisme n'y a aucune place.

Nous avons arraché les racines d'un peuple qui vivait sur ces terres depuis des milliers d'années. Nous avons commis des horreurs que connaissent sous le nom de "Grande Catastrophe" ceux qui les ont vécues et qui y ont survécu. Peut-être qu'il ne faut pas juger le passé à l'aune des critères du présent, mais en nous taisant et en faisant la sourde oreille, c'est notre crime originel que nous perpétuons. Une oreille sourde non seulement aux événements de 1915 et de 1938, mais aussi à ceux d'aujourd'hui…

VICTIME-ÉE

C'était un avocat de Dersim, qui se servait des mots comme de cartouches, il ne tirait jamais à blanc. Il était chargé de défendre une femme turque qui avait rendu l'âme à la suite de ce qui semblait être une opération sans anesthésie de l'utérus, et, dans un pays ouvertement hostile aux immigrés, envers et contre tant de morgue, il avait remporté la première victoire juridique. Pour moi, il avait plaidé que mon procès s'ouvrait pour des raisons morales. J'étais à bout de forces, et à cause de mon statut d'écrivaine reconnue en Europe et rejetée dans son propre pays, redoutais les dimensions que pourrait prendre l'événement, et de plus, pour la première fois, on me demandait pardon. "Sous prétexte de vous faire du tort à vous-même, vous en faites à toutes les victimes." Revenir à ce mot de "victime" que je n'avais plus prononcé depuis trois ans, c'était lancer un cri solitaire… Comme on l'entend souvent, soit les "victimes" s'enferment dans le silence, soit elles tiennent des discours interminables et délirants. (Je balance entre ces deux extrêmes.) Réprimer en soi-même la victime, c'est en quelque sorte coopérer avec le système qui collabore à la libération des traumas, à leur libération par effacement ou par classification hiérarchisée… Ce sont l'honnêteté ou l'innocence de la "victime" qui sont en permanence testées. Mais faire parler la victime, tout comme parler en son nom, n'a pour effet que de convoquer derechef le traumatisme, dans sa réalité tant intérieure qu'extérieure, et de le transformer en un objet de curiosité, du type de ces mouches prises dans l'ambre. Or les hommes, quand ils se brûlent ou qu'ils ont peur, poussent des cris.

Ma "recette" personnelle – il est certain que nul ne saurait enseigner à l'autre comment exorciser ses traumatismes – est d'approcher chaque existence avec le sens du destin… La littérature commence précisément avec ce sens du destin. Cette coupe avec laquelle je puise dans l'océan amer de notre monde, et surtout de notre propre géographie, si elle m'a permis de goûter à l'amertume de l'autre, alors elle n'aura pas été bue en vain. Mais puis-je vraiment dire que je ne fais aucun tort aux victimes dont j'ai parlé ou que j'ai passées sous silence, et que, cherchant à travers leur souffrance à mettre en mots celle de l'humanité entière, je sais qu'il est nécessaire de lui opposer de l'empathie, du respect, un sens de la justice ? Je n'ai pas d'autre réponse que celle de demander à la victime, en la regardant droit dans les yeux.

Si une "femme écrivain", au moment de la publication de son premier roman en France, avoue faire les gros titres dans son pays parce qu'elle "ne porte pas de soutien-gorge", j'aurai de sérieux doutes concernant sa santé mentale! Un "écrivain" dont les textes et les livres sont traduits dans plus de vingt langues, d'autant plus s'il écrit des chroniques, ne peut vérifier, contredire, ni même faire traduire et lire tout ce qui se dit à propos de ce qu'il a écrit ou vécu. Qui refuserait de faire la une pour ses livres, ses prix, et de se voir comparé à des écrivains du calibre d'Artaud, etc. ? Mais si les médias s'emparent de problèmes humains tels que les brûlures, la chirurgie, l'hémorragie qu'ils accueillent avec une suspicion intolérable, je n'en suis pas responsable, j'en suis prisonnière. La même femme écrivain raconte qu'à force d'entendre rabâcher, pendant des années, dans la rue et sur les estrades, les mêmes propos sur le corps, la misère et la sexualité, elle a fini par en faire son sujet d'écriture et en assume la responsabilité. Elle a même cru bon d'en parler dans la presse pour "attirer l'attention" sur un livre écrit à son encontre… Elle affirme vivre dans une société tellement coupée de la réalité qu'elle est incapable de se poser la question de savoir "qui est la victime".

En révélant soudain à quel point sonnent creux, plus qu'un bol vide, la mort sociale, les titres, le prestige, l'identité et autres avantages que récolte de nos jours chaque personne qui aborde la question kurde, on se libère. Même dans les sociétés communautaires, même dans un milieu qui se préoccupe davantage de savoir qui parle plutôt que ce qu'il dit, "il est des nôtres, pas vrai ?", la voix rauque de la vérité finit toujours par se faire entendre. (Si la voix du mensonge n'était pas si puissante, est-ce que tout le monde beuglerait aussi fort ?) À tous ceux qui ont révélé les rapports, les documents et les témoignages de ce qui s'est passé à Cizre, et qui croient ne pas avoir été entendus, je dis seulement : "patience."

Rutheford aurait découvert le noyau atomique en observant comment rebondissaient des particules qu'il avait projetées contre une assiette en or. "Comme si en mettant le feu à un bout de papier, un obus m'avait sauté à la figure", disait-il. S'il se trouve que les obus projetés depuis un bout de papier retournent dans ce pays à leur destin de chose écrite, alors il nous faut regarder nous-mêmes ce qu'il est advenu du noyau que nous avons secoué. L'homme est en mesure d'affronter la vérité. Et quand il sait affronter la vérité, quand il sait regarder en face la victime, l'éternelle victime, il est courageux.

JOURNAL DU FASCISME : AUJOURD'HUI

Un jour sans commencement ni fin, un jour de plus… Comme une virgule placée au hasard entre deux longues phrases, entre le passé et le présent, et qui attend en silence à son point d'accroche… Deux immenses phrases monotones qui se répètent l'une l'autre… Sans dire comment elles sont arrivées là, comment elles se sont égarées sans retour, ni pourquoi elles se perdront encore, une fois de plus… Sans rien laisser paraître du fait qu'elles n'arriveront jamais… Deux mots pris dans des filets dérivant à la surface trouble de ce qu'on appelle la vie, et que tu as tirés hors des brumes infinies qui voilent la côte et les eaux. Et qui résonnent dans le vide, faisant éclater le rire énorme de l'infini, à vous en écraser les tympans… Le "passé" qu'à mains nues tu as arraché aux ténèbres des roches et des profondeurs, mais sans pouvoir l'amener à la surface, et qui s'écoule hors de tes doigts gelés, ton seul passé, une boue muette et glacée… Mais juste là, comme une armée dont les baïonnettes scintilleraient au soleil de l'autre côté du fleuve, le "futur", prêt à fondre sur la rive opposée... Et les secondes, les jours, aujourd'hui, qui s'écoulent hors de lui, comme ruisselant par une brèche qui n'aurait pas été comblée... La vie, qui ressemble à une plaie dont la douleur éclate quand elle se referme, ou peut-être la pure et simple absence de cette vie dont la présence ne se manifeste que dans la douleur...

Jours de crime... Cruauté, larmes et sang. Mots qui désormais ne sont plus ceux des "thèmes" des marches oubliées, légendes et "grands récits" que personne n'est plus obligé de lire, ou au contraire ceux des "sujets" mille fois vus, lus et relus des informations, mais des mots qui étranglent et obscurcissent l'horizon du réel, révélant les lueurs, les ombres et les couleurs de notre vie quotidienne... Comme si nous avions encore tant de mots à dire mais plus de voix pour le faire. Comme si cette voix qui résonne dans le vide, pourtant avide de raconter, d'expliquer et d'énoncer, n'était plus la nôtre, comme si désormais, même le silence qui s'est substitué à tous ces cris bien réels que nous n'avons su pousser, ne nous appartenait plus... Nos poignées de main plus molles et plus brèves, en un tournemain nous construisons des phrases familières, et plus vite encore nous les tendons... Sans cesse à répéter, du mieux que nous pouvons et à la moindre occasion, que "nous avons vécu des jours terribles", nous le répétons et nous nous consolons. Nos cris "nous existons, nous sommes là" se perdent en échos toujours plus lointains, se perdent et demeurent sans réponse. Les uns les autres, comme des poupées de porcelaine fraîchement repeintes, nous tendons notre visage le plus dur, mais il semble que personne ne sache plus nous regarder au fond des yeux… Pleins de la lassitude de ceux qui ont déjà tout vu, les regards se perdent au loin, apathiques, interdits, incrédules… Le miroir nous les renvoie chaque fois plus arides, plus inhumains… Des yeux vides et morts, des mots vides et froids, des cœurs morts de froid… Comme si se refusait à prendre forme ce mauvais sosie de nous-mêmes, pourtant doté de ce visage que nous renvoyons à notre propre passé et que nous présentons au futur, comme si on l'avait troqué contre une espèce de néant… Et ces jours nous les quittons tout doucement, comme on s'enfuit dans un couloir d'hôpital sur la pointe des pieds… Comme si nous marchions dans une interminable aube grise, dans les brumes, dans un purgatoire, dans un réduit élastique comme la langue, comme si nous marchions dans un lieu désormais hors de portée de tous les appels et de tous les cris.

L'écrasante pesanteur de vivre et d'écrire en ces jours où des hommes – dont des blessés, des enfants – sont brûlés vifs dans les caves où ils sont assiégés… L'atroce pesanteur des mots qui se substituent à la vie, et du silence qui enveloppe ces mots... Gouffre abyssal, omniprésent, dans le passé, le futur, aujourd'hui... Nous avons beau détourner les yeux, à cette profondeur démesurée, le gouffre ne distingue plus nos regards des leurs. Dans le silence des phrases et des récits dont le sujet s'est égaré, dans le silence éternel de toutes ces vies et histoires amputées, il scrute, il attend, et dans l'infini brouillard, marche sur nous.

Un jour viendra peut-être où, regardant en arrière, nous dirons que "le fascisme c'était vraiment bien !", recouvrant d'une couche de peinture fraîche les cicatrices profondes qui émaillent le visage d'une poupée de porcelaine...

LE SILENCE MÊME N'EST PLUS À TOI

"À l'heure où les dés heurtent le sol, à l'heure où le glaive heurte l'armure, à l'heure où rencontrant ceux de l'étranger, les yeux des âmes expirantes s'emplissent d'amour… À l'heure où regardant alentour, tu ne vois que pieds arrachés, mains mortes, et ces yeux qui s'éteignent… À l'heure où désormais même mourir t'est refusé*…"

N'est-ce pas l'heure à laquelle nous vivons ? Corps arrachés, brûlés, fourrés dans des sacs à gravats, jambes, pieds, membres disséminés, entassés les uns par-dessus les autres, bras enlacés dans une ultime et absolue étreinte, mains mortes qui n'appartiennent plus à personne… Corps humains déchiquetés, âmes humaines déchiquetées… Yeux plus morts que les morts…

* Georges Séféris, *Gymnopédie*, "Mycènes". Notre traduction est faite à partir de la version turque. Une traduction du grec de Jacques Lacarrière a paru en 1963 dans *Le Mercure de France*, nous n'avons pu la retrouver dans son intégralité.

Mots que la passion de la haine et du pouvoir a mis en pièces, réduits en lambeaux… Est-ce véritablement là “notre heure”, ces jours que nous traversons ? “Il t'appartient de pousser un grand cri*”, continue le poème, un grand cri que tu n'as pas su entendre, que tu n'entendras pas… Il conclut ainsi :

Le silence même n'est plus à toi,
*En ce lieu où les meules ont cessé de tourner***.

Sobrement, personnellement, simplement : je ne veux pas être complice. Je ne veux pas être complice de ces rafales de balles qui s'abattent sur des femmes, des enfants et des vieillards essayant de s'extirper des décombres, cramponnés à un drapeau blanc. Je ne veux pas être complice de cette mâchoire entièrement brûlée qui appartient à un enfant de douze ans retrouvé dans une cave. Ni de ce sac à gravats qu'on dépose en disant “voici ton père”, qu'on dépose en disant “voici ton enfant”, “environ cinq kilos d'os et de chair”… Ni du sort atroce qu'on fait subir à cette mère qui attend depuis des semaines devant un hôpital en se répétant “un bout d'os calmerait ma peine”… Je ne veux pas être complice de l'assassinat des hommes, ni de celui des mots, c'est-à-dire de la vérité.

* *Idem*. Ma traduction à partir du turc.
** Traduction de Jacques Lacarrière.

*

C'est à cause de problèmes qui excèdent mes forces que je n'ai pas envoyé mon texte au jour dit. Cette semaine j'ai persisté à écrire, même trop tard, même trop peu, même au prix d'usurper une place qui revenait à d'autres. Pour la liberté de pensée et d'expression (objets vite sujets à ironie), le 22 avril fut un jour "critique", pour rester polie. Le jour de l'audience préliminaire de Can Dündar* et de quatre autres universitaires arrêtés et jugés, au palais de justice de Çağlayan... Les tribunaux sont des lieux froids et sinistres, ils nous offrent le spectacle d'une gigantesque prison d'où nul ne s'évade jamais, d'une balance dont l'injustice alourdit les deux plateaux... Mais derrière, pour ceux qui entrent par la porte des condamnés... Quand vous la franchissez, toute l'obscurité du monde s'abat sur vous... La pression et l'obscurité augmentant, c'est la solidarité que nous sommes obligés d'apprendre... Je conclurai sur ce mot que nous a envoyé Meral Camcı** de sa prison le 1er avril.

* Journaliste, rédacteur du journal *Cumhuriyet*, arrêté pour avoir divulgué des informations concernant des ventes d'armes du gouvernement turc aux combattants islamistes de Daesh.

** Universitaire turque arrêtée le 1er avril 2016 à Istanbul pour "propagande terroriste", en raison de son soutien à la cause kurde.

Vous à l'extérieur et nous de l'intérieur, continuons à lutter ! Il semble que cela doive durer, mais nous avancerons pierre par pierre. Un jour viendra où pour nous, pour les forces du travail et de la démocratie et pour tous les peuples, la paix, l'égalité et la liberté cesseront d'être une revendication pour devenir notre vérité. À l'extérieur comme à l'intérieur, nous ne sommes pas seuls.

Avec toute ma solidarité et mon amour…

*

Paru en retard à cause de problèmes qui excèdent mes forces, mon texte du 22 avril commençait par les mots de Séféris, sous le même titre :

> À l'heure où les dés heurtent le sol, à l'heure où le combat heurte l'armure, à l'heure où rencontrant ceux de l'étranger, les yeux des âmes expirantes s'emplissent d'amour… À l'heure où regardant alentour, tu ne vois que pieds arrachés, mains mortes, et ces yeux qui s'éteignent… À l'heure où désormais même mourir t'est refusé*…

Et nous ? Nous, témoins désemparés de ces jours d'horreur, de cette barbarie sans pareille, lorsque nous essayons de percer du regard cette obscurité à laquelle notre œil n'a pas su s'habituer et qui partout nous encercle… Les tombes,

* Georges Séféris, *op. cit.*

les morts côte à côte, morts jeunes alignés sous des panneaux de bois où ne figure qu'un numéro en guise d'inscription… Corps humains étiquetés à la hâte, fourrés dans des sacs à gravats… Os humains dissous, brûlés, pieds arrachés, jambes tranchées… Bras de jeunes filles inséparablement soudés les uns aux autres, enlacés dans une ultime et absolue étreinte… Mains sans propriétaires tendues vers les dernières secondes de la vie… Corps déchiquetés, comme ensevelis sous les fondations d'une autre époque… Âmes déchiquetées, mots en lambeaux, yeux plus morts que les morts… Et le seul reste d'un enfant, d'une enfance qui a duré douze ans : l'os noirci d'une mâchoire, brûlé jusqu'à la désintégration – qui sait par quel genre de flamme – gisant à l'entrée d'une cave tout imprégnée de l'odeur des corps brûlés vifs… Os de crâne, dur et solide, tenant tête à sa propre vanité, comme un symbole de ce silence noir qui nous encercle… Et qui continue à parler au nom de tout ce qui est perdu, en notre nom à tous, tandis que nous nous taisons… "Il t'appartient de pousser un grand cri", continue le poème, un grand cri égaré que tu n'as pas su entendre, que tu n'entendras pas…

Un vers de la seconde gymnopédie : "Ces pierres je les ai soulevées autant que j'ai pu… Ces pierres je les ai aimées autant que j'ai pu… Ces pierres, mon destin*." Et la fin du poème :

* Traduction de Jacques Lacarrière.

“Le silence même n’est plus à toi, en ce lieu où les meules ont cessé de tourner…”

Si non seulement nos morts, mais aussi notre propre mort nous est confisquée… Si c’est davantage que nos seules petites vies individuelles qu’on accule dans les caves… Si l’on brûle, acculé et aspergé d’essence, tout de ce qui nous donne du sens, tout ce à quoi nous donnons le nom et le sens de “vie”… Si l’on explose à l’arme lourde la voûte de nos rêves, si les salves de balles déchiquettent les mots formés par le sang des millénaires… Si nous ne sommes même plus capables de pousser ni d’entendre un seul cri… Si même ce silence n’est plus à nous…

*

Comme nous étions nombreux vendredi à Çağlayan ! Nous n’étions pas tant seuls que nous le pensions, pas tant qu’on le disait ! Les danses, les tambours, les chants, et même un *Bella Ciao* qui après nous avoir d’abord déconcertés, sans trop affecter les plus jeunes, a été repris en chœur… Nous devons poursuivre les Veilles pour la Liberté* : cette année écoulée, pas moins de huit correspondants et douze journalistes de l’agence DIHA ont été arrêtés, quatre journalistes ont été assassinés, des centaines d’enquêtes et de procès ont été ouverts.

* *“Özgürlük Nöbetleri”.*

Nous sommes tombés au 151e rang de 180 pays sur la liste pour la liberté de la presse établie par Reporters sans frontières, nous sommes dans une situation encore plus grave que beaucoup de pays d'Asie et d'Afrique.

Défendre la liberté et la paix, non le crime ni l'héroïsme, est notre devoir… Plus que de les défendre, restaurer la signification sacrée que ces mots ont perdue… Autant que nous pouvons… Quant à ne pas être complices de ces meurtres, plus qu'un droit et qu'un devoir, c'est le sens même de notre existence… Ceci est la "pierre" que nous soulevons et aimons autant que nous pouvons, notre destin.

UN MOT QUI REFUSE DE SE TAIRE

Après avoir patiemment cherché son chemin dans les faubourgs sacrifiés et oubliés de la ville, au sud du fleuve, traversant des quartiers abandonnés à leur sort, un sort qui hésite entre expansion et décomposition, au détour d'une de ces rues perpétuellement boueuses et sinistres, un visiteur finit par trouver le bâtiment qu'il cherchait. Malgré cent ravalements successifs, et bien que restauré avec le plus grand soin, c'est un bâtiment assez laid, d'apparence grossière, comme si chaque restauration l'avait affadi davantage, le rendant un peu plus invisible. Plus de soixante ans après cette nuit où les machines, démontées en secret, avaient été déplacées au matin, en même temps que les ouvriers qu'on envoyait à la mort, vers un lieu plus sûr, l'ancienne fabrique, au cours d'une autre nuit, cette fois de paillettes et d'Oscars, devenait mondialement célèbre. L'ancienne fabrique d'émail de Schindler, homme d'affaires compétent, rusé et scrupuleux, est aujourd'hui un "musée de l'Occupation et de la Persécution". Un musée de l'humanité dédié à la résistance.

Les années 1940... Les armées nazies, les chars, les parades militaires, les défilés... Les photographies, les uniformes, les archives, le bruit des bombardements... Un choc soudain contre une porte en fer, un bruit de serrure, râle étouffé des victimes... Le cachot... Dix-sept personnes entassées dans une pièce obscure du ghetto. (L'un des rares enfants à s'être tiré vivant de ce ghetto dont les murs semblent avoir été construits pour évoquer des pierres tombales est le réalisateur Roman Polanski.) Le sol de caillasse du camp de concentration de Płazsów...

Au détour de couloirs sans éclairage, le long de murs qui semblent s'épaissir à chaque pas, une inscription, un ordre, soudain, fait sursauter le visiteur : DEHORS ! Le discours se prolonge sur un ton froid, officiel et supérieur, point par point et agrémenté de termes juridiques – comme s'il s'adressait à des enfants – jusqu'à dire, avec l'ironie la plus féroce qui soit, que "là-bas vous apprendrez ce qui arrive aux gens comme vous !". Soudain on entend hurler, les ordres, les bruits de bottes, les aboiements des chiens font trembler la pièce.

L'histoire de ces "professeurs de Cracovie" qui s'étaient révoltés contre la cruauté nazie et dont on fait revivre la mémoire de la détention permet de comprendre en quelques minutes ce que furent aussi bien le nazisme qu'un cachot et qu'un ghetto. Les visiteurs, le visage blêmissant, tirent une carte au hasard, puis, au fur et à mesure de leur parcours dans le camp de concentration, découvrent, aux limites du supportable, l'histoire de l'un de ces courageux et honorables universitaires. Les recensements, la faim, les coups de fouet, le froid, les maladies et parfois la mort. L'oppression, la cruauté, la résistance…

Il n'est rien à ajouter à cela. Parce qu'ils voulaient la paix, parce qu'ils ont déclaré ne pas vouloir être complices des crimes atroces qu'elle commet, la Turquie des années 2010 a jeté en prison quatre universitaires, sur "ordre venu d'en haut" ! Pour trouver semblables faits dans la longue histoire de l'oppression, il faut remonter à la période nazie, à la Pologne occupée !

Je voudrais maintenant saluer Esra, Muzaffer, Kıvanç et Meral de cette phrase : La liberté est un mot qui refuse de se taire.

*

D'abord conçues comme une revendication pacifiste puis vite transformées en combat pour la défense de la liberté d'expression, les "Marches pour la Liberté" continuent en ce moment même à Silivri et à Bakırköy. Le 30 mars, écrivains, journalistes, artistes, tous étions à Silivri ! Ce mercredi, une équipe, principalement de réalisateurs, se rendra à Bakırköy. Je continuerai à rapporter tout ce qu'il se passe dans les Veilles pour la Liberté, et cela devant comme derrière les barreaux – y a-t-il encore une différence entre les deux ?

NOCTURNE FORÊT

L'air s'obscurcit tôt, la pluie se change en blizzard. Le vent âpre de la steppe tourbillonne au-dessus de la ville et de la vallée déjà couverte de neige. Le long hiver de l'Europe de l'Est, rude et impitoyable… Les chutes brutales de température, les orages, le froid insoutenable, l'obscurité… Les heures et les années pétrifiées dans une nuit devenue bloc de cristal. Monde d'horizons lointains et brumeux, presque imaginaires, dans la léthargie opaque et pesante d'un hiver qui ressemble au coma. La vie retirée au plus loin d'elle-même, attirée vers l'arrière, vers l'intérieur, vers ses propres profondeurs. Toutes les étoiles sont invisibles, et la lune surgit entre les nuages lourds et effrayants telle une plaie violacée, une flaque de sang qui goutte puis coagule dans des bandelettes de toile. Un œil injecté de sang, la pupille éclatée, qui essaie péniblement de s'arracher à l'obscurité, mais dont le regard révulsé, empli de douleur, se refuse à voir. Il ne dit rien, ne donne aucune réponse.

Je marche dans la nuit froide, sinistre et terrifiante, dans le silence glacé. Je suis seule dans la forêt spectrale. Comme la dernière survivante sur terre, comme une petite plaie surgie d'entre les bandelettes… Les arbres, secs et nus, ont perdu la mémoire en même temps que leurs feuilles, désespérés ils ont renoncé à être eux-mêmes, à se souvenir, à se tourner vers la lumière… De leurs longs doigts griffus, ils invoquent un temps vierge où les jours et les saisons n'ont pas cours, un temps réduit à une pure attente. Pure attente, pure perte… Je marche sur les traces d'une voix, d'un mot qui éclipsera la nuit. En route pour les tréfonds de la forêt nocturne… Pas une étoile en vue, on dirait que les mots s'éparpillent dans le silence comme des cristaux de glace que mon souffle exhale, les souvenirs, les existences et les émotions reposent inertes et sans vie sous l'épaisse couche de neige. Je ne ressens plus que le froid, et mes doigts gelés au point ne plus rien tenir, la nuit s'obscurcit au fur et à mesure que je marche, mes morts se retirent dans leurs tombes et grelottent…

Je marche aux lisières d'une ville d'Europe de l'Est, un lundi soir. (Chaude et lumineuse, ma chambre m'attend, les feuilles blanches, les notes, les articles, les textes… À propos des attentats de Paris, de la crise des migrants, des discours de haine… La politique, antidote possible à la solitude et à l'obscurité…) Un oiseau soudain chute d'entre les branches, comme déséquilibré dans son sommeil, il meurt sans un cri.

Je continue à marcher, peut-être que je passerai ma vie à courir après un mot, ou bien, subitement tirée d'un ultime songe en quête désespérée de souvenir, je chuterai et ne me relèverai plus.

DANS UN IMMEUBLE EN FEU

Être coincé dans un immeuble en feu... Contrairement à ce qu'on croit – ou bien à ce que moi je croyais – les immeubles ne sont pas instantanément engloutis dans des flammes gigantesques, mais la plupart du temps ils brûlent à petit feu, tout doucement, bout par bout, entamant là un long et douloureux règlement de comptes avec la mort ou la vie... Les hésitations, les regrets, les interrogations... Quel qu'en soit le prix à payer, le désir de rester vivant s'affronte à l'attrait du néant, à l'extinction de toute révolte, au besoin d'absoudre ses crimes... Régler par la pierre ses dettes avec la pierre, voilà qui est plus antique, ferme, réel et moins compromettant que de régler humainement ses comptes avec l'homme. Les dettes éternelles et insolubles de la pierre envers la pierre, l'eau, le feu, le vent et sans doute l'homme.

Être coincé dans un immeuble en feu... En général, "l'homme" – je pourrais, en lieu et place de "moi" ou "toi", me réfugier derrière un objet dépersonnalisé – met très longtemps à se rendre compte que l'immeuble où il se trouve prend feu. Mettons par exemple qu'il n'ait entendu ni les voix, ni les cris, ni les sirènes, que n'ayant pas suffisamment touché un quelconque objet métallique, comme les rampes des escaliers qui flambent en contrebas, il n'ait pas senti que la chaleur augmentait, qu'il n'ait même pas songé que tout l'immeuble pût être enveloppé d'une fumée se diffusant subrepticement sous la porte fermée à double tour. Peut-être que tout le monde s'est déjà enfui depuis longtemps, qu'il est seul, abandonné à son sort, mais il est hautement plus probable qu'on ait déjà appelé les pompiers, que tout rentrera dans l'ordre, que prendra vite fin ce petit début d'aventure… Faut-il faire son sac, faut-il sauver ceux qui peuvent l'être en premier, y a-t-il là-dedans un fond de réalité, un fond de vie… D'ailleurs où sont les flammes, aux étages supérieurs ou en bas dans l'entrée, ou bien ici même… On n'en sait sans doute rien, on ne sait pas se décider.

Et sans doute qu'on a du mal à y croire… Qui croira qu'une tragédie, à dire vrai une tragédie mal goupillée et tout juste bonne à figurer dans la rubrique faits divers, est venue frapper à sa porte, qui croira qu'une petite erreur de rien du tout, une poêle oubliée sur le feu ou un défaut d'assurance, ait signé son arrêt de mort, qui peut croire que prend fin sa petite existence… Qui peut sérieusement croire que va s'écraser l'avion dans lequel il vient de monter, ou que son propre pays sera ravagé par la guerre... (L'un parce qu'il ne prend pas le destin au sérieux, l'autre parce qu'il n'imagine pas que le destin l'ait pris au sérieux...) Et puis à notre époque, à l'ère de la technologie, à l'heure de la fission de l'atome, de la victoire sur le cancer, de l'invention des téléphones intelligents, quelqu'un aura sûrement appelé les pompiers, de nos jours les immeubles sont dotés d'escaliers de secours, celui-là ne saurait faire exception, en cherchant bien on doit même pouvoir trouver un extincteur, reste à savoir comment faire fonctionner ce foutu machin, le plus probable est qu'il s'agisse d'une fausse alerte, d'une panique infondée, d'un abus, d'un pur délire...

Alors tu ouvres la porte et sors. La fumée. À l'étage du dessus, d'en dessous, à celui-ci, dans les couloirs, dans les escaliers, derrière chaque porte close, devant chaque fenêtre ouverte, partout de la fumée... Dans les yeux, dans les poumons... Tu marches seul dans la pénombre des couloirs déserts... Des couloirs plus longs qu'une vie humaine... D'abord au pas de course, puis de plus en plus lentement, t'accrochant, t'arrêtant à chaque pas... Entamant un règlement de comptes pénible et douloureux... La fumée. À chaque coin, dans chaque chose, et profondément en elles... Comme si le monde avait viré du noir au blanc, que les distances et les minutes avaient fondu en longueur, mélangé leurs cours, que le temps et l'étendue s'étaient amalgamés l'un dans l'autre. Tout ça ne peut pas être vrai, te dis-tu, et puis il n'y a plus rien dans les escaliers, je n'ai même pas vu une seule flamme ! Je ne vois pas les flammes, ni ne les entends, ni ne les sens, viennent-elles d'en haut, d'en bas, de tous côtés à la fois, je n'en sais rien, ou de derrière une porte que j'ouvrirai bientôt, ou du plafond qui s'écroulera sous peu… Agrippé à la rampe qui flambe, tu essaies de te redresser, et sans souffrir pourtant, tu te dis qu'il faut se relever, il faut se mettre debout, là, maintenant, la fumée lentement grimpe le long de ta colonne vertébrale, les jambes à présent brisées comme un reptile essayant de se maintenir à la verticale, tu t'exhortes à te mettre debout, t'écroulant dans les abysses d'un sommeil, d'un songe en noir et blanc, tu te forces à ouvrir les yeux, et désormais il n'est plus pour toi de réalité que les langes de cette perfide, tendre et chaude fumée…

Être coincé dans un immeuble en feu… Sans doute n'est-ce là qu'une métaphore, une métaphore de la Turquie… Ces flammes, sont-elles bien réelles, et ces morts, et ce sang… De la fumée, rien que de la fumée, dehors, dedans, oui, tout dedans…

GUERRE ET GUERRE

C'est l'histoire d'un voyage qui commence à cent kilomètres d'Auschwitz et s'achève cent kilomètres avant Cizre.

Ou plutôt la tentative de raconter l'histoire d'un voyage qui restera inachevé et dont il est impossible de dire ni où ni quand il a commencé, ni même comment il s'est fini. Une tentative qui se perdra dans le cours des nuits et de l'infini, et qui encore une fois, une éternelle fois de plus, exigera que j'y jette mes dernières forces… Et c'est dès le premier mot sans doute, ce premier mot qui vole en éclats contre l'inracontable – guerre, Auschwitz ou Cizre – que pointe la défaite. L'abandon de toutes les histoires qui rendent l'existence significative, sacrée ou supportable. La retraite désespérée face à l'immensité de l'inaudible, de ce qui est à jamais inaudible. La route d'Auschwitz, d'Istanbul, d'Urfa – la conférence pour la paix de Birecik –, de Diyarbakır de Suriçi, de Silvan, de Cizre… La route de Cizre, barrée aux environs de Midyat par les canons à eau Toma, les chars, les "hérissons*", les commandos des forces spéciales. La barricade hérissée de canons verrouillés sur leur cible, de canons chargés de vraies balles, comme dressée entre le réel et l'irréel. Une route qu'on dirait sans retour, qui méandre sous un soleil impitoyable, les collines pelées, les champs… La terre de Mésopotamie qui depuis douze siècles, sans dire un mot, écoute et colporte l'histoire tragique de l'homme… Terre où le commencement a rendez-vous avec la fin, les racines avec les morts, terre absorbante, donnant vie à toute chose, au sang et aux cris, aux os et à la pierre, sans distinction, terre aux entrailles couvant ses mystères et ses germes futurs…

Les haltes et les étapes intérieures d'un voyageur qui s'en va longeant les gouffres et les vallées, égarant parmi les flammes non pas son chemin, mais tout le fil de son voyage, et qui, parvenu si loin, si loin que plus aucun retour n'est permis, comprend que la voix qu'il croyait être "la sienne" l'a abandonné depuis longtemps : une photographie montrée par Edip de Varto, à Cracovie, à cent kilomètres d'Auschwitz. Une jeune femme arrêtée alors qu'elle était blessée, puis atrocement torturée pendant cinq jours et cinq nuits, gît à plat ventre, complètement nue, dans une rue de Varto. Les

* Modèle de véhicule blindé léger de l'armée turque.

jambes dans un état effrayant… À Silvan, face aux ruines d'une maison, sans même poser son filet de courses, une femme se met à hurler : "Assez ! Assez de toute cette haine !" (Au bout de quelques minutes le téléphone sonne, la police cherche à savoir qui nous sommes.) Dès la première nuit à Diyarbakır, l'impossible sommeil haché par le vacarme des chasseurs, des hélicoptères et des bombes, les opérations reprennent à l'intérieur des murailles. À Silvan, les rues, les commerces, les immeubles rasés à l'arme lourde, déchiquetés, réduits à l'état de ruines. Le jardin de l'hôpital de campagne est carbonisé, ses murs troués d'impacts de balles jusqu'au troisième étage. (Un infirmier agitait un drapeau blanc, ils l'ont descendu lui aussi.) Les snipers, les blessés au pied des immeubles, sur les balcons, les toits, les blessés qu'on interdit de transporter à l'hôpital… Diyarbakır centre, des policiers entreprennent de molester ceux qu'ils ont arrêtés pendant le meeting pour la paix… La deuxième nuit commence dans les gaz lacrymogènes. La Turquie joue une "nuit de Cristal" à sa mesure, les foules prêtes au lynchage envahissent en masse les rues de la ville. En une minute le siège est fait devant un nouveau bâtiment du HDP*, des librairies aux kebabs, les "commerces kurdes" sont mis à sac,

* Parti démocratique du peuple : parti d'opposition pro-kurde.

un jeune qui parlait kurde est dépecé à coups de rasoir, on exige d'immoler une fille de cinq ans, le fracas des opérations lourdes s'élève depuis les murailles, les hélicoptères tournoient au-dessus de la ville, sur Internet on apprend que la ville de Silvan, qui venait à peine de commencer à panser ses plaies, est de nouveau la proie des flammes, dans les villes assiégées les snipers abattent des hommes un à un, les tanks à chenilles et les "douchkas*" progressent en direction des maisons effondrées, on charge les mortiers, ceux qu'on a arrêtés téléphonent depuis le commissariat, à Cizre un gamin de quatorze ans répondant au nom de Bünyamin est placé en garde à vue, une mère couche son bébé mort dans un bac de glaçons, ses enfants regardent, une mère qui meurt, vidée de son sang, parce qu'elle n'a pas pu être transportée à l'hôpital, des foules enragées caillassent les bus qui vont à Diyarbakır, stoppés net avant que ne commence le voyage.

À Auschwitz, des mètres de cheveux de femmes, l'oreille mutilée de Bünyamin retrouvée dans une poubelle, les cercles de l'enfer qui vont rétrécissant, plus profonds, jamais rassasiés.

* Mitrailleuse automatique lourde DShK de fabrication russe, surnommée "douchka" ("chérie").

*

C'est l'histoire d'un voyage qui commence à cent kilomètres d'Auschwitz et s'achève devant les barricades de la police et de l'armée, cent kilomètres avant Cizre.

(Le titre de ces textes dont il m'est impossible de dire jusqu'à quand, ni jusqu'où ils "continueront", je l'ai emprunté à un roman de László Krasznahorkai*.)

Ou plutôt la tentative de raconter l'histoire d'un voyage qui restera inachevé et dont il est impossible de dire ni où ni quand il a commencé, ni même comment il s'est fini. Et c'est dès le premier mot sans doute, ce premier mot qui vole en éclats contre l'inracontable, que pointe la défaite : guerre. Retraite désespérée face à la tentative de donner de la vie aux mots, des mots à la vie. (Car écrire, n'est-ce pas, ultimement et dès la première seconde, une tentative de se libérer, la constante recherche d'une liberté qui s'épuisera tôt ou tard… Et la guerre une sentence irrévocable.) Mais l'homme n'a de cesse de raconter, il raconte, transpose, donne de l'écho, répète… Trace des cercles dans le silence infini des mots.

* Écrivain hongrois né en 1954. Son roman *Guerre et Guerre*, publié en 1999, dont il est ici question, est paru en France en 2013 chez Cambourakis, réédité chez Actes Sud, dans la collection Babel, en 2015. Traduit par Joëlle Dufeuilly.

Être racontant : homme. Être accommodant. Au bout des phrases, des points, des nuits, des années, des décennies, après avoir traversé histoires et légendes, bravé la vie et la mort, voici qu'est arrivé le second mot. La répétition du premier : guerre.

La route d'Auschwitz, d'Istanbul, d'Urfa – la conférence pour la paix de Birecik –, de Diyarbakır de Suriçi, de Silvan, de Cizre… La route de Cizre, barrée aux environs de Midyat par les canons à eau Toma, les chars, les "hérissons", les commandos des forces spéciales. Une barricade appartenant désormais au "passé", abandonnée au passé, ou plutôt à l'oubli, après deux semaines à peine, mais qui continue à faire son trou dans un coin de la mémoire. Qui se transforme en prison où l'air du futur, autant que du passé, vient vite à manquer, tous les mots dorénavant pris dans la mire de tel ou tel sniper… La barricade qui sépare ceux qui s'enfuient de ceux qu'on oublie derrière soi, ceux qui meurent de ceux qui survivent. L'homme de l'homme…

La même nuit sans issue, sans fond et sans fin… Les morts désormais à chaque endroit, dans chaque mot… De leurs doigts gelés ils nous touchent, depuis l'autre côté du mur, ils nous touchent encore… L'ombre s'étend, les véhicules blindés encerclent le quartier, les balles et les roquettes pleuvent, les obus de mortier frappent des pièces à l'odeur de misère et de désespoir, morts ou vifs, tous gisent à terre. Les "douchkas" sont déjà là, les chars aussi, les balles pleuvent sur tout ce qui bouge, enfants, blessés, drapeaux blancs, oiseaux, sans discernement, la terre accepte chaque corps qui lui tombe dessus, elle leur donne une âme, elle absorbe dans l'infinité de son silence chaque histoire coupée en deux. "Ne tirez pas !" crient-ils retranchés derrière un mur, mais il y a des barricades, la réponse arrive, "Arrêtez, une mère demande qu'on emmène son bébé à l'hôpital", "on ne peut plus sortir", disent-ils. On ne peut vraiment plus sortir de cette nuit, aucun de nous, même les mots sont impuissants à forcer le blocus… Une petite fille de dix ans appelle, les bras au ciel, elle parle de son père blessé, lui aussi a été tué, des foules atrophiées de tout sentiment de culpabilité envahissent les rues, réduisent tout en cendres, frappent à mort, enveloppées dans le drapeau, "Ce qu'on veut c'est un massacre, pas une opération", hurlent-ils par là-bas, ils ont ce qu'ils voulaient mais eux non plus n'en sortiront pas, de cette longue nuit glaçante, on arrête une nouvelle ambulance, "toutes les routes de l'espoir sont désormais coupées", disent-ils, les balles pleuvent… Nous perdons tous notre chemin dans la nuit, et la route elle-même… Chaque mémoire regorge désormais de cadavres refroidis, et le nôtre même…

Dans le cours d'une nuit et de l'infini.

Cinq heures du matin. Le train de marchandises qui s'en va vers l'ouest passe de justesse, en retard de quelques minutes. Comme si, l'un après l'autre, il détachait à grand bruit ses wagons, qu'il se déchargeait dans l'ultime heure silencieuse de la nuit. Le long sifflet du train, triste et mélodieux, comme le cri d'un oiseau géant. Mais empli de douleur, il évoque aussi les soupirs de l'homme, peut-être un salut dispersé au vent des longues routes sans fin de la terre, ou bien une phrase d'adieux lancée à l'ultime instant.

"Nous autres on ne va pas jouer aux touristes dans les camps de concentration", avait dit Edip de Varto, comme si tout ça appartenait au passé ! Quand je lui avais montré l'album d'Auschwitz – le cliché unique d'un convoi en route pour la chambre à gaz –, il avait trouvé sur Internet la photo de la femme complètement nue gisant à plat ventre dans les rues de Varto…

Une jeune femme arrêtée alors qu'elle était blessée, puis atrocement torturée pendant cinq jours et cinq nuits. "Nous autres qui travaillons dans les camps de concentration, nous reconnaissons tout de suite les anciens déportés", dit le guide de notre petit groupe en avançant d'un pas raide et pressé, silencieusement, jetant un regard furtif vers une femme qui ne peut retenir ses sanglots…

Cinq heures du matin, le train qui roule vers Auschwitz est plein à craquer des condamnés de la mémoire. Les cheveux des femmes mortes, tondues avant d'être brûlées dans les fours, l'oreille mutilée de Bünyamin retrouvée dans une poubelle à Cizre, les anneaux de l'enfer, insatiables, plus tortueux que la vie humaine...

C'est dès le premier mot, mot qui craque comme une brindille sous les coups acharnés de l'horreur, que la déroute est inéluctable : guerre. Retraite désespérée face à l'immensité de l'à jamais inaudible, qu'il ait été dit ou non. Mais l'homme ne peut pas vivre sans raconter, il raconte, transpose, recommence du début. (Comme s'il était possible de raconter la vie telle qu'elle est, dans toute sa grandeur, son originalité et son infinité !) Il dessine des cercles sur le lac des mots, trace des zigzags, se love dans sa propre histoire. Au bout des phrases, des mots, des nuits, des années et des décennies, voici qu'est arrivé le dernier mot : la répétition du premier.

À l'endroit où, à force de slalomer aveuglément entre les précipices, il perd sa route, égaré loin d'elle, si loin qu'aucun retour n'est permis, là où continuer comme rester sont également impossibles, l'étape où l'exilé comprend que toutes les routes et tous les voyages sont à jamais perdus : Silvan. Face aux ruines d'une maison, sans même poser son filet de course, un vieil homme qui pousse un hurlement de peine et de révolte. Le visage si tendu qu'on dirait qu'il va rompre, il fait un effort surhumain pour le maintenir entre ses mains, il regarde sans regarder, voit sans supporter de voir. Ayant renoncé à leur faculté de voir, comme si dans la douleur ils en avaient acquis une autre, ses yeux tendent à se perdre au loin, se grèvent de mondes désormais invisibles.

Quartiers déserts, à demi morts, dans les rues desquels nul ne circule plus, maisons, toits, balcons, commerces rasés à l'arme lourde, réduits à l'état de ruines… L'hôpital de campagne troué de balles, le jardin où brûlent les ambulances. Les étroits escaliers de béton de l'immeuble du parti. Une pièce, bien que bondée, où règnent le silence et, même à midi, l'obscurité propre aux maisons de deuil. Des regards absents, qui s'empressent de fuir, qui me regardent comme s'ils regardaient dans le vide, des têtes si basses qu'elles semblent lestées, des visages terriblement épuisés…

Le pas nerveux et prudent de ces hommes qui tant de fois déjà ont fait le chemin de la mort à la vie, de la vie à la mort, comme si un monde énorme pouvait à chaque instant se dérober sous leurs pieds. En quelques phrases courtes qui interdisent aux émotions de s'épancher, ils se racontent la répétition tragique des jours, des nuits, des morts…

J'apprends de nouveaux concepts tels que "douchka", fusil A4, je prends des notes qui interdisent l'épanchement de toute émotion, je continue ma route à toute allure. Peu après, quatre ou cinq heures à peine, au début de la "nuit des Vitres brisées", on apprend sur Internet que "Silvan brûle"… Il est trop tard, désormais, pour parler à bon droit de ceux que j'ai laissés là-bas, en arrière, trop tard pour leur dire adieu en bonne et due forme…

*

"Revenez là, immédiatement ! Revenez ici ! C'est interdit ce que vous avez fait !" Il hurle, hors de lui, les syllabes s'enchaînent comme un tir nourri, se répètent en écho, ordres et menaces se chevauchent jusqu'à devenir incompréhensibles. Le ton monte inexorablement, voix mécanique frémissant de colère et du plaisir de commander, elle culmine en même temps que les explosions, fait trembler les vitres de la voiture. "Sur qui il crie, le flic ? – Sur nous ! On est sortis de l'autoroute par un chemin de traverse." Paisibles et silencieux, les champs s'étendent de tous côtés, comme une existence vierge et infinie qui n'aurait pas encore commencé de vivre, en latence…

"Vous êtes combien ? – Deux, le chauffeur et moi… Je dois fermer maintenant", dis-je en voyant les canons pointés sur nous…

La route de Cizre, barrée aux environs de Midyat par les canons à eau Toma, les chars, les "hérissons", les commandos des forces spéciales. La barricade hérissée de canons verrouillés sur leur cible, de canons chargés de vraies balles, comme dressée entre le visible et l'invisible, le dit et le non-dit, le réel et l'irréel.

(Comme s'il était possible d'arracher la réalité aux mots!) Loin de tout, lourde de silence, fermée à double tour face à l'immensité, l'émotion – imperméable cri – est une porte infranchissable. Absurde autant qu'elle est excessive, insurmontable autant qu'elle est absurde…

Une route déserte et maléfique, qui se perd en méandres sinueux entre les collines pelées, comme une rivière chétive qui s'échine à sortir de son lit. Le soleil impitoyable, la chaleur torride, une géographie âpre et majestueuse…

Sous ce spectacle monotone, des terres discrètes et introverties qui savent ingénieusement dissimuler leur splendeur. Terres brûlant d'un feu céleste, flambant de toutes les nuances d'un jaune las et profond, qui mollement ondulent en silence…

Tracées en filigrane, frémissantes, fantomatiques…

Ombres mauves remuant sous un délicat filet couleur d'ambre, couleurs de fin d'été qui deviennent phosphorescentes puis s'éteignent dans un dernier flamboiement, vert sombre, tenace et velouté, qui affleure par touches. Un vent léger, sec et chaud, qui tourbillonne et glisse doucement, lèche et détrempe comme la langue rugueuse d'un chaton. Qui veut secouer et réveiller tel un messager affolé. Il s'en va porter l'écho des histoires de chacun qu'il emplit les unes des autres et mêle entre elles. Et les horizons qui attirent, provoquent, indiquant que les distances sont insurmontables et les routes sans possible retour, fermant tout…

Qui rendent tout vain, éphémère, suspendu…

Nous donnant à voir l'infinité de l'existence, des portes ouvertes jusqu'au-delà du ciel, ils nous font croire à la permanence de quelque chose, quelque chose en attente d'être nommé, qui existe et perdure toujours, transféré de l'homme à la terre, de la terre à l'homme, de l'homme à l'homme, mais le miroir du ciel, oppressant, vide et immobile, refuse de trahir cet impossible nom. Les terres ancestrales de Mésopotamie, drapées de silence et de poussière millénaires. Mille fois vaincues, soumises, perdues… C'est ici que furent élevés et abandonnés les premiers temples, que de grandes et puissantes villes furent édifiées puis détruites, que la Loi et le Code furent écrits, que Dieu parla, que le ciel et la terre se séparèrent à jamais, que l'enfer est né.

Je suis devant la barricade depuis des heures, j'attends sans savoir que faire. Les policiers arrivés en rangs serrés, les menaces qui se durcissent, les soldats qui sautent hors des "hérissons" pour "prendre position", les hommes des équipes spéciales dont le regard est fuyant, et le doigt toujours sur la détente…

Les balles…

(Homme, être accommodant!) Le cortège, composé surtout de députés, s'est mis en route il y a quelques heures, par une température de près de quarante degrés, évitant les barricades, se faufilant entre elles, prenant par des sentiers et chemins de traverse poussiéreux, coupant à travers champ…

En ignorant les balles…

En direction de Cizre, à cent kilomètres. “Nous prions nos amis qui ont des problèmes de santé de rester dans les véhicules. La route va être éprouvante.” Je me mêle à la foule, je marche jusqu’à l’orée des champs, fais demi-tour au bout de dix ou vingt mètres, essaie de nouveau, renonce de nouveau.

Maudissant ma taille et ma santé… Moment difficile, je ne peux retenir mes larmes, tourne le dos aux policiers. “Ne vous en faites pas, vous vous joindrez à nous une prochaine fois”, dit Özgür pour me consoler, puis nous nous séparons à la hâte : “La marche des Kurdes sera longue…”

ORDINAIRE, AFFREUSEMENT ORDINAIRE

C'est un homme, n'importe quel homme. Ordinaire, très ordinaire… Des mois, voire des années plus tard – le temps à vrai dire n'a pas bougé, en son absence simple et morne, il n'y a que les années qui passent, les années, étrangement, n'ont pu pénétrer dans ce présent d'une absence insupportable – vous tombez sur lui… Soit dans un petit restaurant, ou au feu rouge, ou bien dans un centre commercial, sans doute accompagné d'amis, ou d'une famille, avec par exemple un enfant sur les genoux… Le monde semble s'être instantanément vidé, mais ce vide immense et grouillant ne suffit pas à vous contenir tous les deux. Vous tentez de vous regarder dans les yeux. C'est comme s'il devenait subitement grave, son visage a légèrement pâli, lorsqu'il dit à son enfant qu'il ne faut pas boire quand on sue… Se souvient-il de moi ? A-t-il reconnu en moi sa propre marque, un signe, une image ? L'être qui vit en moi, a vécu, est mort ou mourant ? Il n'en laisse rien paraître.

“Vous me faites un brin de chemin ? Je ne peux pas marcher trop vite. Ma jambe…” dit une voix très ancienne, vieillie, au feu rouge, au milieu de la foule, vous restez figé comme si on vous avait insulté. À qui appartient cette voix qui me parle dans la nuit ? À un vieux, sans plus. Une voix qui résonne d’autrefois, dans des couloirs obscurs, le passé qui gonfle comme un courant de fond contre lequel la force de vos muscles est impuissante… “Autrefois, j’ai rêvé de t’étrangler de mes propres mains, j’en ai rêvé jour et nuit”, vous apprêtez-vous à dire au moment où le feu passe au vert, alors qu’empressé il se met à parler de son genou, son genou douloureux, “il faudrait opérer, je souffre le martyre à chaque pas”, “Tu as peur hein, sale tortionnaire, espèce de sadique !”. Comme si vous vous traîniez de concert entre deux rives, un voyage qui dure des jours et des nuits, comme si vous n’aviez qu’une seule petite minute, une toute petite minute à vous consacrer… Pour pénétrer au cœur du labyrinthe puis vous convaincre de revenir vous chercher là où vous vous êtes laissés… “Je n’aurais jamais été capable de faire pour toi tout ce que tu as fait pour moi !” Il vous remercie du fond du cœur en vous prenant le bras… Et le mot d’adieu qu’au dernier moment vous trouvez à dire se brise en morceaux dans la solitude de la foule… Vous ne dites rien.

Voici donc un homme, ordinaire, affreusement ordinaire… Avec qui un jour vous tombez nez à nez, chacun à un bout des immenses étagères d'une pharmacie... Votre regard plonge au fond du sien, insistant, pénétrant, et vous vous étonnez qu'il ne vous ait pas reconnu. Il ne dit rien, pas d'explication, pas un signe. "Lui c'est un flic", dit enfin une voix de pierre, presque inhumaine, puis bien après qu'il fut sorti, "Quel médicament a-t-il acheté ?". D'un air entendu, le pharmacien vous dévisage, puis ne tenant plus le secret : "Cancer !" Vous croyez vous effondrer comme une chiffe molle, mais vous tenez debout, bien droit, pris d'un dégoût froid, épais et amer comme du marc de café, tremblant légèrement... Une pommade premier prix contre l'eczéma entre les doigts... Vous pensez être un écrivain sans talent qui attend le secours de drames bon marché, la vie n'ayant pas su triompher de la tragédie, plein de la pitié de n'avoir pas encore trouvé son objet, ni même de l'avoir cherché... "Ne rincez pas trop, prévient le pharmacien : les plaies détestent l'eau chaude !" Vous ne répondez pas.

Une femme, survivante des camps de concentration – elle avait dix ans quand elle fut sauvée, à moitié morte après avoir été atrocement torturée pendant des mois dans la baraque dévolue aux expérimentations médicales –, soixante ans exactement après les faits, au tribunal, avait tendu la main à un ancien officier SS et lui avait pardonné. Et les dizaines, les centaines de milliers d'hommes victimes des tortures du

12 Septembre*? Ceux qui furent soumis aux décharges électriques quatre-vingt-dix jours durant, qui furent roulés de force dans des pneus, qui eurent les ongles arrachés, à qui on versa de l'eau bouillante dans la gorge… Qui, comment, dans quel tribunal pourront-ils pardonner… Les tortionnaires, peut-être qu'on pardonne à certains, parfois, mais la torture…

* Coup d'État de 1980.

UN VOYAGE D'HIVER

Une fois la foule dispersée, je sors dans les rues, dans "la pénombre endeuillée" du soir… Je marche dans les rues de mon quartier où l'électricité a été coupée, comme si je les voyais pour la première fois. Les rues, les passages, les chemins de traverse… Les intersections et leurs promesses d'un nouveau départ, d'une prochaine disparition, d'une autre nuit… La solitude transforme tous les bruits, elle absorbe, elle résonne au-dedans, au plus intime, longuement, profondément. Comme si au milieu de tous les bruits du monde j'entendais une voix depuis longtemps tue, que j'apprivoise, et en sa compagnie parcours des chemins qui n'existent plus… Je marche, marche vers la vie, je reviens.

Nuit d'écriture, silencieuse nuit d'un deuil personnel ne voulant pas s'encombrer de mots… Deux photographies. L'une prise dans les locaux d'*Agos** au printemps 2006. Hrant m'avait laissé

* Revue éditée par Hrant Dink, journaliste turc d'origine arménienne assassiné à Istanbul le 19 janvier 2007 par un nationaliste turc de dix-sept ans.

sa table, il se tient à côté de moi, un verre de thé à moitié bu. Deux photographies qui m'ont accompagnée durant le plus long hiver de ma vie, durant ce voyage d'hiver qui n'est toujours pas terminé.

Nuit d'écriture… Des paquets de journaux, des livres à portée de main, des phrases soulignées… Un océan de cendriers. L'odeur de café, des antalgiques… Des réponses, des répliques, des débats qui tournent en boucle dans ma tête… Des feuilles blanches enveloppées d'un silence de cimetière. Il y a dix ans de cela, une mère emprisonnée avec qui j'avais pu parler grâce à un interprète kurde m'avait dit "Avant de partir, dis-moi juste un mot d'espoir", ses yeux plongés au fond des miens. Son regard exprimait tout, le ressentiment et la compréhension, le scepticisme propre aux gens qui ont tant été déçus d'avoir été crédules, l'amitié, la tendresse, tout sauf l'espoir… Ainsi semblent me regarder les feuilles blanches, comme un miroir…

J'ai en mémoire le tribunal de Beşiktaş (l'ancien), aux couleurs passées, plein de souvenirs plus lourds les uns que les autres, muets et rigides comme des pierres. Aux premières heures de la matinée. Bien avant l'ouverture des débats, nous, trois femmes venues seules, n'arrivant pas à trouver ni le lieu de la manifestation, ni l'entrée du tribunal, nous attendons côte à côte au croisement, indécises. (Les premiers débats d'un procès qui avait usé six procureurs en huit ans, et décidant, huit ans après, c'est-à-dire aujourd'hui, des premières arrestations de policiers.) Un monsieur solennel, en costume, passe devant nous en répandant un nuage de lotion d'après-rasage. Il remarque les trois femmes, et peut-être leur silence plein de tristesse. Ses yeux s'arrêtent sur la photo que nous portons à la boutonnière… "C'est qui lui ? demande-t-il d'une voix grave. L'Arménien qui a été assassiné ?" Avec ma spontanéité habituelle, sans même me demander quelle était l'intention de sa question, je commence à lui répondre que "oui, c'était un journaliste : Hrant Dink…". Il n'écoute pas, ne ralentit même pas, puis après quelques mètres, tournant la tête, lâche du bout des lèvres : "Bien fait !" Il continue sa route d'un pas décidé qui résonne sur le pavé, comme s'il partait vaillamment en guerre contre un ennemi invisible… Nous, les trois femmes, restons pétrifiées, nos lèvres tremblent. Puis, la plus "expérimentée" d'entre nous dit enfin : "C'est sûrement un policier en civil !" Nous sommes sous le choc, foncièrement désemparées, trouvant quelque consolation à penser que cette phrase qui nous colle dessus comme un crachat glaireux est un rôle, une réplique inculquée par l'État. En silence, honteuses, nous recherchons la foule, nos amis, les amis de Hrant, et cette fois les trouvons.

Les souvenirs exigent parfois de nous qu'on les raconte et les interprète, encore et encore, et parfois un silence de pierre… Nous, les trois femmes côte à côte à l'entrée d'un tribunal, je crois que nous avons porté le poids de ce silence comme on porte des années le poids d'un crime dont on a été le complice… Huit ans plus tôt, un autre soir de 19 décembre, le soir d'un jour où nous avions marché, des dizaines de milliers de gens, côte à côte, en deuil et en silence, jusqu'au cimetière, où nous avions marché silencieusement pendant des heures sous un soleil d'hiver miraculeux, j'avais écrit : "Nous avons laissé derrière nous une trace profonde et invisible." Nous marchons, nous marchons toujours, et la trace que nous laissons est tout sauf invisible !

Après une semaine passée au milieu des menaces, des pressions sur les journaux, des insultes, des "vous aussi, les Je suis Charlie!", enfin de l'optimisme, de l'espoir… Il faut du soleil en ce jour de funérailles, un nouveau soleil d'hiver miraculeux, éclatant, qui réchauffe nos cœurs pour tous les hivers à venir…

ÉGALITÉ, INÉGALITÉS

Quand on met trois points à la suite, cela marque une pause, un vide, une incomplétude, et c'est selon moi le plus significatif des signes de ponctuation. Il y a dix ans de cela, j'avais écrit "être femme", puis, comme une libération intérieure davantage que comme une respiration, j'avais ajouté trois petits points puis, au sortir d'une longue nuit, étais passée à la seconde phrase. (Toujours la même nuit, longue, sombre comme du marc de café... Toujours en pleine nuit, dans ce pays gelé...) *Mutisme* était le titre de ce texte tortueux dont la douleur ancienne me brûle encore les mains... Mais où, comment (et même pourquoi) s'est formé ce silence, ce vide qui coupe les phrases en deux, les met entre parenthèses et les absorbe ? Transmuant les mots en un moule vide, un moule vide où se déverse et prend forme tout ce que j'y ai de perdu et à perdre... Est-il possible de trouver, d'imposer une origine à ce résidu toujours imparfait et toujours balbutiant ? À mon propre destin, qui est une histoire parmi tant d'autres, à mon propre destin qui se heurte sans cesse au silence ? Notre véritable histoire naît du gouffre qui existe entre le concept de femme et la réalité d'en être une...

Humain = humain. J'ai conclu mon dernier texte par cette "formulation" familière, discutable aussi, et qui sonne peut-être étrange... par une équation, par "l'égalité" figurée au moyen de deux petits traits parallèles... Essayant d'indiquer qu'il s'agissait seulement là d'un commencement, d'une porte de sortie, autant que d'un objectif final... Des jours ont passé depuis, passé les anniversaires des massacres de Maraş, du Retour à la Vie, de Roboski*, sur lesquels j'ai tant pu – ou pas – écrire, passé l'anniversaire de Berkin** auquel je n'ai pu assister. (Bon anniversaire... C'était une immense vie, celle qu'ils t'ont volée, ta vie... Mais toi, avec ce sourire interminable, du haut de ce sourire de quatorze ans, tu dis aux assassins : Je suis là. J'existe !) Au milieu de la flopée de brèves et de l'enthousiasme forcé du passage à la nouvelle année, les journaux l'ont rappelé, 2014 a battu tous les records de crimes du travail... (Dans mon dernier texte j'ai aligné les chiffres officiels des onze premiers mois de l'année, les crimes du travail,

* Village kurde bombardé par l'aviation turque.

** Berkin Elvan, garçon de quatorze ans décédé en 2015 des suites d'une blessure à la tête due à un tir de grenade lacrymogène à bout portant par les policiers turcs.

les assassinats de femmes relégués en troisième page, les hommes abattus par la police, les morts en prison, ceux qui ont rendu l'âme sous la torture, le gaz, les balles…

Un matin de Nouvel An, l'annonce d'une mort dans une prison lointaine nous fait ressentir la froideur cuisante des chiffres, la brûlure que laisse sur la main de l'homme le contact avec un métal glacé…) Il y a dix ans, nous nous efforcions de parler et d'attirer l'attention sur les grands brûlés à l'explosif dans les dortoirs, sur les injections d'acide sur les blessés battus à mort, sur les bras humains jetés à la poubelle. Des années plus tard, le miroir embué que nous tendent les mots n'est plus peuplé que de fantômes. Avons-nous vraiment entendu ? Ou bien l'homme est-il une espèce incapable d'entendre lorsque sa propre vie n'est pas directement en jeu ? Vraiment, qu'est-ce que la justice selon vous, quand chaque jour on assassine, encore, encore et encore… Le silence des trois petits points commence exactement là, à l'endroit où les concepts rebondissent contre le roc de la réalité, et glissant dessus, retournent à la terre… Il faut le répéter encore : la justice, l'égalité de tous les êtres humains entre eux, n'est possible que dès lors que nous réussissons à intérioriser que nous sommes égaux en principes et en actes, et la quête de l'égalité est le principe de base, le composant moral inaliénable de tous les combats politiques.

“L’homme, lorsqu’il est agressé parce qu’il est juif, doit se défendre en tant que Juif, pas en tant qu’intellectuel ou que défenseur des droits universels de l’homme.” Et lorsqu’on se fait humilier, abuser ou “agresser” parce qu’on est une femme… Dans ce monde construit sur les fantasmes masculins, qui parle la langue des hommes, personne n’appelle cela “agression”, mais qui “procréation”, qui “mensonge”, on avance qui l’honneur, qui l’amour, qui la maternité sacrée… La forme de tyrannie la plus antique, la plus tenace, la plus profonde et sournoise, est liée à celle que les hommes exercent sur les femmes, et il semble qu’il faille encore citer d’imposantes phrases écrites il y a cinquante ou cent ans… Ou faut-il, au prix d’un effort à vous arracher les yeux, et avec une patience qui sied si bien à mon genre, murmurer que “nous aussi sommes des êtres humains”… Et qui peut s’y opposer ? Qui, vraiment, pour parler sans cesse en “mon” nom, pour faire pleuvoir jugements, ordres, sentences, qui pour me voler mes mots, mes plaies, jusqu’à mon sang, qui pour me vouer à l’enfer lorsque je dis “je”… J’avais de quoi aller en enfer… Mais qu’était-ce donc, cela qui me destinait toujours à perdre ?

Attendu que je suis le corps qui accouche du temps, que je suis la mémoire de tous les secrets, ceux des eaux et de la première lueur s’accouplant avec l’ombre, que je suis la matrice, la mélodie qui initie toute chose, que je suis la poitrine emplie de lait, que je suis la terre sortant de son sommeil, pourquoi ne pourrais-je voir le jour ? Attendu que je suis tout cela, pourquoi même ma peine ne m'appartiendrait-elle pas ? Devrait-ce durer mille ans que jamais je ne prendrais forme, pourquoi jusqu'à ce jour n'ai-je pas pu trouver dans les légendes, les concepts, les images, ne fût-ce qu'un mot auquel m'identifier ? De vieilles phrases…

CE PAYS QU'ON APPELLE LA VIE

"Je veux te raconter, te scruter et te décrire, non pas avec la terre rouge ni l'or, mais à l'encre de l'écorce du pommier*." Chaque fois que ces vers me reviennent en mémoire, je me plonge dans le silence. Des vers qui ouvrent le texte (jamais) écrit pour Berkin, il y a de cela des mois… Le reste de la page est toujours vierge. Aujourd'hui Kader**… L'encre, l'écorce d'un arbre qui s'embrase en pleine floraison… La terre tournant au rouge sang.

Une nuit tiède de novembre. Été ultime et trompeur, avant le long hiver, celui-là qu'on appelle "été indien". Vendredi, encore une de

* Rainer Maria Rilke. Notre traduction est faite d'après la version allemande du poème *Ich war bei den ältesten Mönchen*, 04/10/1899, Berlin-Schmargendorf.
** Kader Ortakaya, jeune militante communiste d'Istanbul venue se battre à Kobanê contre Daesh, abattue en novembre 2014 par des soldats turcs à la frontière.

ces nuits qui ressemblent à un raidillon qu'on ne finit plus de gravir… Je marche. Nouvelle attaque contre une chaîne pour la paix, une de plus, grenades lacrymogènes et vraies balles, les morts de Kobanê, Kader… Je marche au fil des rues, raidillons et impasses, lumières factices, tout près, dit Rilke, tout près est ce pays, un couloir s'allonge vers la ville assiégée, une jeune femme marche, tout près, dit Rilke, les bras chargés de vêtements d'hiver pour enfants, tout près du pays qu'on appelle la vie, une balle cherche sa cible… Je marche au fil des rues, foules bruyantes et lourds silences, comme si dans mon sillage je traînais un poids infernal, en moi et dans le monde, une jeune femme de vingt-huit ans avance sous les balles, dans ce pays qu'on appelle la vie, terres arides, silence de plomb… Les balles, Kader… Je marche au fil des rues vides et bondées, lumières factices et ombres véritables, la nuit qui tombe s'enfonce dans ses abysses, contente-toi de marcher, dit un poète, jusqu'à ce lieu où cessent tes peines, en haut d'un monticule des soldats montent la garde, juste derrière les mines antipersonnel, de telles charges, les rues n'en ont pas l'habitude, et moi je marche… Le long des pages vierges. Qui donc ose vivre la vie, demande un poète, contentons-nous de marcher, elles ressemblent au soleil couchant, les flammes de cette photographie, mais à qui donc appartient ce pays qu'on appelle la vie, et qui n'y entre pas ? Ces flammes qui ressemblent au soleil couchant, les hommes leur ont tourné le dos, ils font signe au loin de la main, et peut-être qu'au loin, celui ou celle qui fait signe, hèle, appelle, dit qu'il est tout près, ce pays, il était si près, peut-être t'avais-je déjà trouvé… Les lointains hèlent, ils hèlent et nous appellent, une jeune femme marche vers la ville assiégée, la terre tremble, la balle tient sa cible. Kader… Les balles se frayent un chemin sur ces terres qui n'appartiennent à personne, une femme marche dans la nuit, une femme, une femme marche vers le lieu où cessera sa peine, peut-être te hèle et te trouve-t-elle, ô pays qu'on appelle la vie… Terres muettes et arides que les missiles déchirent, pierres, des pierres et un arbre tordu, des pages noircies… Il est tout près, dit Rilke, ce pays qui n'appartient à personne, dont les rameaux s'embrasent aux premières floraisons, et qu'on appelle la vie, nous marchons esseulés, sur ces terres, routes et pages muettes qui sont notre destin, certains ne se relevant plus, les mots, touchés, un à un tombent, coincée au milieu des flammes une tortue trouve refuge dans sa carapace, elle s'imagine des lointains. Et nous marchons toujours, tandis que le jour se couche et se lève, nous nous contentons de marcher, et silencieux, nous nous arrachons à la nuit…

Je t'aurais peinte, non sur un mur,
mais sur le ciel, d'un bout à l'autre de l'azur,

et t'aurais faite telle qu'un géant
t'eût taillée : en montagne, en brasier,
*en vent de sable du désert**.

Une photographie : le feu a été ouvert sur une chaîne humaine, Kader est morte à vingt-huit ans, il y a de nombreux blessés… La même semaine, six mille oliviers ont été rasés en une seule nuit. Comme pour compléter le symbole de cette photographie. Sur cette photographie, il y a les huées d'une mère dont le fils a été tué par la police, il y a ce bureaucrate très chic qui foule aux pieds les tombes de trois cent deux mineurs, qui foule aux pieds un mineur jeté au sol et affreusement tabassé, il y a des centaines de crimes… Pourquoi écris-tu chaque semaine sur la mort, me demande un lecteur, et je plonge dans le silence.

La vie, peut-être, continue… Peut-être…

* Notre traduction d'après la version allemande du poème de Rainer Maria Rilke *Wenn ich gewachsen wäre irgendwo*, 24/09/1899, Berlin-Schmargendorf.

LES MOTS, LES MASQUES

Dans un camp de concentration, à Auschwitz, un peintre qui ne dessine que des chevaux survit en esquissant des chevaux imaginaires sur le moindre bout de papier qu'il trouve, tandis qu'autour de lui les hommes meurent par milliers… L'"égoïsme" de l'artiste qui, pour un seul document relatif aux massacres, a renoncé à l'inestimable valeur du "témoignage", au risque parfois de mourir en prison… Au bout des divers dortoirs, cellules et presses de la vie, de cette vie qui est un interminable enfermement, après avoir vu défiler tant de kapos, après d'innombrables jours et d'innombrables nuits qui sont à chacun leur propre obscurité, vous revenez à une vieille image, et votre regard est illuminé par cette lumière neuve qui a traversé les ans. Ne s'adressant qu'à elle-même, et ne le faisant que pour pouvoir se mentir à elle-même, une image exhale l'étrange matière de la douleur, réelle, si réelle qu'aucun regard jamais ne s'en approcherait. Comme si, d'un coup, un éventail devenu rigide à force de n'avoir jamais été déplié s'ouvrait et dévoilait, superposés en couches fines, les visages secrets de l'existence, existence vécue comme un échantillon de la mort. Et des masques, esquissés au petit bonheur la chance et jouant aux visages humains, prennent soudain vie. Apparaissent alors, dans les courbes et les volutes auxquelles l'obscurité de chaque regard ajoute un trait, des cris, des flammes, des cercles infernaux. En ces "Jours de Grand Carnage", face au pessimisme qui s'exhale des salutations, des congratulations, des SMS collectifs, et même de ces messages envoyés par des lecteurs à moitié anonymes, face à ce désespoir tantôt ironique, tantôt poétique, qu'ils portent en eux, je suis ramenée aux chevaux d'Auschwitz. C'est que l'homme, à l'instant même où il étouffe, fait durer ce souffle qu'il dépensait jadis si aisément et si abondamment, souffle dont nous savons tous qu'il est "vide", et c'est comme s'il respirait pour la première fois… Une phrase coupée en deux et que ne peuvent conclure que trois points de suspension… Qu'un mot… Espoir.

Comme tout le monde ces temps-ci, je lis sur Daesh d'innombrables articles, dépêches, interprétations et analyses. À propos de cette horde de bourreaux vêtus de noir, épouvantail et cauchemar de toute personne n'étant pas assoiffée de sang, aligner des phrases que pourrait prononcer n'importe quel homme sensé, maudire et en appeler à la solidarité est peut-être nécessaire, mais ce n'est pas suffisant. Néanmoins, rien n'est moins facile que de faire tomber les masques de cette "armée masquée" qui a ceint, au côté du sabre moyenâgeux, des armes lourdes dont l'acquisition et le maniement sont des plus ardus, et face à tant de crimes commis sous nos yeux, dans la confusion politique qui s'installe, pas facile non plus de donner les preuves de ce qu'on "avance". (D'entre quelles mains au juste arrachera-t-on la facture de ces livraisons d'armes ? Et ainsi fait, à quel juge faudra-t-il la présenter ?) L'autre énigme étant de savoir sous quelle apparence nouvelle Daesh, qui sera vaincu tôt ou tard, nous refera bientôt face, et au nom de qui creusera-t-il les tombes de ses futures victimes. Il me semble qu'en se vantant de pouvoir prédire les agissements de Daesh, et d'avoir pu les prédire avant tout le monde, c'est davantage ses propres objectifs que le pouvoir de l'AKP* a trahis. "Moyen-Orient" où mythe et réalité s'entremêlent… Moyen-Orient identifié avec la guerre (et la dictature, le fanatisme, l'esclavage des femmes, etc.), où les conflits d'intérêts se règlent dans le sang, que la complicité du monde entier a transformé en ce qu'il est, et qui voit aujourd'hui, à flanc de roc, croître et fleurir le Rojava**… Se dressant contre les embargos, les

* AKP : parti au pouvoir en Turquie.
** Kurdistan syrien autonome.

sièges, les menaces, l'indifférence… Si je dis que toutes les puissances hégémoniques mondiales perçoivent comme une menace l'existence du Rojava et tous les progrès qu'il a faits en direction de l'autonomie, de l'égalité et de la coexistence pacifique, il se peut que j'exagère. Mais à peine. Se souvenir que démocratie, liberté et égalité, surtout en ces jours de carnage, ne sont pas que des concepts, ni des mots dont le sens se serait effrité… Pour se souvenir que, tant qu'on nous la donnera, ce n'est pas seulement de rêver dont nous avons la permission, je regarde cette magnifique photographie, comme aux jours de Gezi, la photographie sur laquelle de tout mon cœur j'ai voulu figurer, je regarde ces milliers de civils, femmes, enfants, vieux et jeunes qui traversent la "frontière" en arrachant ses fils barbelés de leurs mains nues… Les puissances hégémoniques mondiales ont beau prétendre exactement le contraire, sachez que tout ce à quoi nous désirons nous unir ou nous associer, appartenir ou adhérer, est indéfectiblement lié à un seul mot… Paix.

Note : en raison de problèmes liés à mon e-mail, je n'ai pas pu signer à temps le texte commun appelant à la solidarité avec Kobanê. Depuis un certain temps on s'introduit dans ma boîte mail sans autorisation, et mon droit à communiquer, droit fondamental de chaque être humain, est invariablement bafoué. Je profite donc de cette occasion pour mettre en garde quiconque m'écrit, reçoit ou croit recevoir des e-mails de moi.

ANTIQUE NUIT

Sans sommation, sans avertissement, l'ombre s'est faite, par un banal soir de septembre, le ciel tout à coup s'est obscurci, bien avant l'heure. Comme la crue d'un fleuve noir venu de contrées lointaines, gonflé par les eaux des torrents, et qui a tout noyé dans le limon, les tourbillons, le carnage. La nuit semble un poing géant qui resserre son étreinte sur la ville pétrifiée, la prenant dans les tenailles d'un sommeil qui ressemble au coma. Dur et inusable comme le métal… Nuit d'orage. Une méchante brise s'engouffre dans les rues de la ville depuis les hauteurs, elle jette pêle-mêle les ordures, les sacs, les histoires des hommes, elle balaie aveuglément les dernières couleurs de l'été… Le pâle éclat de la lune enveloppe les silhouettes des arbres, courant sur les toits comme des doigts sur les touches d'un accordéon gémissant, glissant entre les tombes des cimetières. Retranchée derrière ses fenêtres, ses stores, ses paupières, la ville hésite un murmure ensommeillé. Dans le tourbillon grondant, dans le grand oubli où elle redoute d'égarer ses mots et ses songes. Et si elle s'accroche à l'aube, elle redoute aussi de la perdre.

Mecidiyeköy, une nuit de dimanche. Les hélicoptères sont partis, les vigies pour la première fois silencieuses. Je regarde la ville depuis une vallée nichée entre les cimetières catholique, orthodoxe et musulman. Je regarde le quartier encerclé par les gratte-ciel, invariablement gris et peuplé d'ombres, étouffant comme une gare routière, où les vignes et les mûriers ne subsistent plus qu'à l'état de noms de rues… L'air lourd de terre et de pluie, d'odeur de gaz et d'incendie… Les nuages d'orage fondent sur l'horizon et l'enveloppent comme une armée de cuirassiers. Ils font remonter des tréfonds de la mémoire le prurit d'une vie qui a passé sans être vécue, de tous ces jours demeurés lettre morte, négligés, restés suspendus en porte-à-faux. Antiques nuits, infinies, infranchissables nuits de la fin… D'immenses ombres tremblantes enlacent les murs, l'éclat vaporeux de la lune cherche en titubant son chemin parmi les tombes, et joue de ses doigts transparents une mélodie toute de silence. Qui sonne tantôt comme un requiem, tantôt comme une chanson d'amour, mais toujours inachevée…

Elles se ressemblent comme les lignes d'un livre de comptes, les rues de Mecidiyeköy, ces rues qui reviennent jour et nuit dans la bouche de ceux qui les arpentent… Ma rue, pentue et poussiéreuse, donne sur une petite place très passante. À cette heure de la nuit s'y bousculent vendeurs des rues et sans-abri, ceux qui vont au travail ou en sortent la traversent sans s'attarder, ouvriers du bâtiment, commis, courriers, agents de sécurité, manutentionnaires, personnels de ménage… Ceux qui à l'aube ramassent les déchets de l'énorme cité, ceux qui nettoient les trottoirs, les façades, les panneaux publicitaires… Toute la nuit on transporte de la farine et du pain frais, du ciment et des écuelles en fer-blanc…

On entend parler kurde, arabe, bambara, devant la porte un vendeur de montres sénégalais, un fleuriste rom et un réfugié syrien inventent une langue commune et délirante, autour d'un plat de riz qu'ils dévorent avec une faim bien réelle. Sur cette place sans nom, vous trouverez du thé chaud et des sandwichs aux boulettes jusqu'à l'aube, puis au lever du jour, des ouvriers qui viennent faire la queue pour trouver un boulot à la journée. Juste en face, peinte par les vrais habitants de la place, une inscription recouvre tout le mur, une phrase dédiée à ceux qui rêvent éveillés en haut des tours : "La vie parfois va au-delà des rêves." Derrière cette inscription s'élève une tour maléfique de trente étages, que toute la Turquie désormais connaît. Tour que par cette nuit antique, la plus antique de toutes, un cri comme on n'en a jamais entendu ébranle, un cri qui s'imprime en profondeur dans le sommeil le plus paisible. Une voix qui ne ressemble à nulle autre, celle des dernières minutes de l'existence, sa mélodie inachevée… Les rêves peuvent-ils aller au-delà de la mort ? Une question que la nuit d'orage a portée jusqu'à nous depuis la nuit du temps.

"La colère du pauvre oppose deux fleuves à une mer… Un acier à deux poignards*…"

* Cesar Vallejo, poète péruvien (1892-1938). Traduction de François Maspero.

LA FEMME ESTROPIÉE ET LA MER

La mer, soudain, vira au violet. Comme enfin prête à révéler la force véritable qu'elle couvait, elle se drapa d'un violet sombre et menaçant, un violet extraordinaire et inattendu, jamais vu mais sans cesse rêvé, qui semblait avoir été de tout temps préservé du regard prédateur de l'homme. Aux reflets de mauve et d'améthyste… Elle vit et reconnut une ombre colossale se profiler derrière le canyon où étaient inscrits, sur un panneau sans âme, les noms des morts que les montagnes de la côte, pourtant terrifiants, n'avaient pas effrayés. Mais elle s'était si bien habituée aux traverses silencieuses de l'existence qu'elle n'envisagea pas la possibilité qu'un orage, un véritable orage, eût pu la choisir elle pour l'emporter dans sa tourmente. Quant à la mer, d'abord apprise dans les livres, c'était une profonde désillusion. Il était impossible, au milieu de la foule des complexes de vacances, de retrouver la mer des pirates, des pêcheurs d'éponges et des baleines. Elle préférait la forêt et le désert, mais le désert, qui va en s'agrandissant, prenait rarement feu, quant à la forêt, elle n'arrêtait son propre anéantissement qu'à l'aide de ses propres flammes. Les eaux turbulentes et écumeuses où elle avait appris à nager… ne scintillaient peut-être désormais plus que dans ses yeux. La mer avait abandonné toutes ses métaphores à la place qui leur est dévolue, dans les livres, et, toujours à portée de main, s'était transformée en vacances de routine de quelques jours, en question sanitaire.

Le rivage était vide. Tremblante de froid, elle ôta ses vêtements, enleva le bandage disproportionné qui cachait une petite et profonde blessure, et esquissa quelques mouvements de brasse imaginaire avec ce bras gauche trop maigre même pour son corps fluet. Une habitude, une affaire de santé…

La mer était couleur d'améthyste, mauve, lapis-lazuli, immense, infinie. Pour la première fois, elle pensa pouvoir entendre sa musique de fin, comme au début, elle avait suffisamment fait ses adieux, suffisamment perdu. Sur le rivage, une femme tout habillée, ceinte d'une bouée de sauvetage, poussa un cri lorsque l'eau l'éclaboussa, et quand l'autre femme imita son cri, elles se mirent à rire, l'une pour de vrai, l'autre se forçant. Il y avait maintenant deux femmes dans la baie immense.

Elle sentit rapidement ce courant étrange, froid comme le mercure, jusqu'ici inconnu, mais continua d'avancer. Sans savoir pourquoi…

L'instinct d'aventure, le défi, le courage ou bien la peur… Non, ce n'était rien de tout cela, seulement une couleur, un appel, un chant. Comme si l'infini avait entrebâillé la porte de son âme, jusque-là confinée dans ses étroites cellules, et lui souriait. Elle se demandait seulement si ce sourire était réel ou non. Il lui enjoignait de prendre la route pour le dernier pays libre, un chant au sens encore indécis, l'œil, ou les deux, défaits de l'idée de mort, elle marchait vers la mer de la solitude, elle marchait. De même qu'elle ignorait pourquoi elle partait, elle n'avait jamais su pourquoi elle revenait. Elle avait entendu dire que la noyade était une mort particulièrement douloureuse. Un Africain rescapé d'un naufrage lui avait dit : "Le jour où ça arrive, tu comprends le sens du mot miracle." Quand elle vit que deux hommes que le vent obligeait à ne pas quitter le ponton criaient en faisant des signes dans sa direction, et qu'ils appelaient un jet-ski, elle accéléra. Le ponton était dix, quinze mètres en arrière. Puis vingt, puis toujours plus…

Lorsqu'elle comprit que même un Hercule, pour ne rien dire d'un petit bout de femme à moitié estropiée, ne pourrait vaincre ce courant, il lui sembla qu'elle aimait encore plus la mer. Elle était juste, elle ne jouait pas. Longtemps elle nagea en brasse dans l'unique direction où il lui était possible de nager, vers le large mais à contre-courant, le vent redoublait au point de l'empêcher de sortir la tête de l'eau, elle buvait la tasse jusqu'à la limite de ses forces. Elle, qui détestait les films mettant en scène le combat de l'homme contre la nature, avait obtenu le rôle principal d'un mauvais spectacle qu'elle ne voulait même pas voir. Elle pleura de désespoir, deux gouttes tièdes dans une immensité liquide… La montagne que seul un miracle pouvait déplacer était désormais couverte de nuages orageux. "Es-tu prête à marcher sur l'eau ?"

Elle sentit dans son corps que la vague venait, elle se retourna et la prit à l'oblique. Elle ne luttait plus contre elle désormais, elles faisaient corps, elles allaient dans le même sens. Elle respirait avec la mer, elle ne voyait plus que de l'eau à perte de vue. Et son bras droit peint de henné qui semblait appartenir à quelqu'un d'autre… Mais c'était son bras gauche qui la maintenait en équilibre à la surface. Elle était seule dans un purgatoire désolé, et bien qu'elle entendît le vrai chant de la mer, son appel, et même si elle le voulait, elle devait résister pour ne pas faire demi-tour, elle devait s'abandonner à son destin, à la mer.

Lorsqu'elle parvint tremblante à la rive, elle partit d'un grand éclat de rire. Tous s'étaient enfuis pour se réfugier à l'abri, les câbles électriques étaient coupés. Son téléphone portable sonnait en continu, une sensation proche de l'amour ou de l'extase, pourquoi, elle n'en savait rien. Elle finirait par mettre un nom dessus, elle dirait que c'était la vie elle-même, car il n'y aurait rien d'autre à dire.

TEXTE DU 9 MARS

C'est un triste matin d'hiver, enfoui sous une aube glacée, sans lumière, profondément enseveli sous des couches de brume. Froid et incolore, absolument décoloré, comme si chacune des sept couleurs était enfermée dans son tube… Comme si ce matin évitait soigneusement d'entrebâiller l'horizon, d'appeler ou de promettre, de secouer les heures du réveil… Même le vent qui souffle de plus en plus fort, comme pour annoncer l'orage, bien qu'énumérant regrets et reproches, tout chargé de silence, ne sait rien exprimer de dicible. Un court jour d'hiver qui, son début et sa fin noués dans une même immense et morne obscurité, ne sait pas dans quelle direction s'écouler, naviguant au fil des hésitations et des indécisions… Comme une phrase destinée à être coupée en deux. Le 9 mars, le matin, à Istanbul. Le mois de mars commence toujours ainsi dans cette ville, dans une méchante obscurité, quand l'hiver, sachant que son règne prendra bientôt fin, appuie une dernière fois de toutes ses forces, couvrant parfois encore de neige la terre qui se réchauffe !

S'asseoir seule face à la page blanche, après une Journée de la Femme qui fut étonnamment colorée, incroyablement enthousiaste, pleine de joie, de passion, d'insoumission et de révolte… Revenir à ces phrases destinées à s'achever par trois points de suspension, à ces mots qui, tel un moule vide, attendent qu'on les remplisse de substance, revenir à cette vie quotidienne qu'on ne peut tordre aussi aisément que les mots… Les pensées confuses…

Mais que penser lorsqu'on lit les diverses célébrations et interprétations du 8 mars, dont se sont emparés même les journaux qui défendent une morale répétant à tout bout de champ que "l'égalité entre hommes et femmes n'existe pas", que penser à la lecture de ces titres fleuris et pleins de panache, des annonces comme "ne tuez pas les femmes, ne dites pas cheveux longs, esprit court", et des campagnes publicitaires pour produits ménagers et cosmétiques bon marché ? Faut-il voir comme une raison d'espérer qu'un viol abominable ait conduit à une "catharsis" sociale, et que lors des cérémonies expiatoires qui ont suivi, les hommes aient été présents en nombre historique, ou bien faut-il plutôt rappeler à l'ordre du jour l'histoire de ces trois femmes torturées à mort par leurs maris, deux jours après

Özgecan*, alors que les femmes étaient dans la rue ? Comment faut-il interpréter, au regard des liens entre crime, punition, justice et droit, la peine de dix-huit ans de prison à laquelle a été condamné l'auteur d'un féminicide qui pour sa défense avançait : “Je l'ai tuée parce qu'elle m'a dit que les enfants n'étaient pas de moi” – quand on sait que c'est la même peine qui est infligée à quiconque lance un cocktail Molotov dans un rassemblement ? Quels liens entre égalité, droit à la vie et droits de l'homme ? Faut-il répondre à “deux trois psychopathes” qui, ne pouvant réfréner plus de quelques heures leur fantasme de tuer une femme, finirent par lancer “vous aussi on va vous tuer” à celles qui défilaient le 8 mars, faut-il encore faire la liste de ces phrases mille fois répétées sur la domination de la morale masculine et l'hostilité à l'égard des femmes ? Et bien qu'ils aient été cités tant de fois, est-ce faire preuve de cruauté ou de réalisme que de donner encore ces chiffres effrayants qui ne bougent pas d'un iota ? Ou est-il besoin de combler le vide par la douleur et ce désir de souffrance dont on dit qu'il sied si bien au genre féminin ? (Les

* Özgecan Aslan, étudiante de dix-neuf ans violée, tuée et brûlée en février 2015 par deux hommes à Tarsus, dans le Sud-Est de la Turquie. Cet assassinat fut à l'origine d'une vague de manifestations dans toute la Turquie, contre la violence faite aux femmes.

rapports sur l'égalité hommes femmes nous informent que la Turquie a reculé au 125e rang sur 142 pays. Nous sommes l'un des pays au monde où le taux de représentation des femmes en politique est le plus bas, ce qui semble déjà bien payé lorsqu'on considère qu'il y a 77 députées, en tout et pour tout deux préfètes, une seule maire, et une seule sous-secrétaire ! La situation du monde juridique et universitaire n'est pas moins dramatique !) Faut-il accueillir avec douleur, avec humour ou avec compréhension les paroles du grand chef qui, après avoir *de facto* privé des millions de femmes de leur droit à l'avortement, sur un ordre murmuré du bout des lèvres, déclarait le 8 mars : "Je vais m'occuper personnellement du problème des femmes, comme je me suis occupé de celui de la cigarette" ?

Nous ne sommes pas du côté de la loi, mais de celui de la révolte ! Ceci n'est pas le slogan d'un seul jour, c'est notre réalité individuelle ! Ce sont les femmes qui changent la Turquie, qui la transforment et la transformeront…

Nous avons sans doute perdu le dernier écrivain épique d'un âge sans légendes. Rencontrer un écrivain dont on aime les livres est généralement une grande désillusion, je le sais, mais il y a des exceptions, comme Yachar Kemal, qui nous rappelle ce qu'est le "métier d'écrire". Je n'ai jamais entendu de sa bouche une phrase qui n'ait goût de sagesse et de terroir. J'ai reçu de ses mains mon premier prix, ainsi que le prix Sait Faik, mais aujourd'hui encore, je lui suis surtout reconnaissante de n'avoir jamais manqué de m'apporter, une fois par semaine, le vendredi, un paquet de cigarettes, à l'époque où j'étais une jeune et pauvre écrivaine publiée aux éditions Adam Yayınları... Il comprenait ma pauvreté d'une part, de l'autre me racontait sa jeunesse, et grâce à quelques phrases et cadeaux, il me réconciliait avec mon propre destin, et sans doute aussi avec l'Homme. Chaque fois que j'étais vaincue par la colère ou le désespoir, ma main se dirigeait vers ce paquet jamais vide. "Aïe ma fille, c'est du pur poison ça, mais on n'écrit jamais sans vice!"

NOUS SOMMES COUPABLES

Que faut-il écrire ? Que peut bien faire l'écriture (la tienne), que peut-elle bien mettre en "mots", et au nom de quel monde peut-elle transformer celui-ci ? Jusqu'où peut-elle se baser sur la réalité ? Trois heures du matin, la pluie tombe par intermittence, bientôt à verse. Comme si c'était le bruit des secondes qu'on entendait battre sur le pavé. Je suis à ma place habituelle, dans ma nuit où j'entre comme on se faufile dans une tente. Problèmes "éternels", s'obscurcissant à mesure que l'ombre s'étend, pris dans l'étroit défilé qui coupe toute issue… "L'écriture est soit un verdict, soit un cri."

Mot tant de fois prononcé, il lui arrive parfois de s'accrocher à l'homme telle une anaphore, de l'éparpiller entre ciel et terre. Puis il le jette subitement dehors, et l'abandonne sur les rives du silence. L'écriture, comme cri, naissant avec le cri… Une écriture à même de susciter un grand cri qui recouvrirait toute l'immensité de l'univers… Qui aurait assez de souffle pour hurler à l'infini, pour ressusciter tous les morts… Quel mot peut reprendre et apaiser le cri de ces enfants arméniens jetés à la fosse ? Quels mots pour être le ferment d'un monde nouveau, d'un autre monde où tout retrouverait son sens véritable, sur les cendres de celui-ci ?

Les limites de l'écriture, limites qui ne peuvent être franchies sans incendie, sans désintégration, sans retour à la cendre, aux os et au silence… Si loin qu'elle puisse s'aventurer dans le pays des morts, l'écriture n'en ramènera jamais un seul. Si longtemps puisse-t-elle hanter les corridors, jamais elle n'ouvrira les verrous des cellules de torture. Si elle se risque à pénétrer dans les camps de concentration où les condamnés furent pendus aux portes décorées et rehaussées de maximes, elle pressent qu'elle n'en ressortira plus. Et si elle en revient pour pouvoir le raconter, ce sera au prix de l'abandon d'elle-même, en arrière, là-bas, derrière les barbelés infranchissables… Face à la mort, elle porte tous les masques qu'elle peut trouver. Lorsqu'elle essaie de résonner depuis le gouffre qui sépare les bourreaux des victimes, ce n'est que sa propre voix qu'elle entend, des mots qui s'étouffent avant même d'atteindre l'autre bord, avant les rives de la réalité et de l'avenir… La plupart du temps, elle choisit de rester à une distance relativement sûre, se contentant peut-être, pour la surmonter, de la responsabilité du "témoignage"…

Aussi excessivement facile, tardif et vain que cela soit, il faut le dire explicitement : nous sommes coupables. Nous avons commis, dans ce pays, un crime si atroce que ceux qui en ont été les victimes ont trouvé ces mots pour le nommer, "Grande Catastrophe", nous avons éradiqué un peuple. Après avoir appelé les hommes à combattre dans nos armées, nous avons massacré à la pelle leurs femmes et leurs enfants, en les faisant marcher le ventre vide sur des routes interminables. Mais le crime des hommes est dans leurs actes autant que dans leur façon de les assumer. En niant nos agissements, nous avons commis un crime plus grand encore, en refusant de regarder cette femme qui nous appelait à l'aide, cette pauvre femme prise dans l'un des cortèges qu'on envoyait à la mort, cette femme qui depuis quatre-vingt-dix-neuf ans nous fait désespérément signe… Voilà le pire crime, car c'est voler à un être humain jusqu'à ses traumatismes. Accuser la victime de mensonge, c'est rejeter le crime sur ceux qui en sont les martyrs… Voilà sans doute pourquoi nos terres sont couvertes de fosses, que nous creusons et refermons sans cesse. Jonchées d'os, de cendres, de silence… Nous ne sommes pas capables ni de regarder dans les yeux cette femme battue à mort puis jetée sur le bord de l'autoroute, ni les restes du squelette du partisan… Nous vieillissons pour oublier, oublions en assassinant, et oublions sans cesse que ces cadavres, nous les portons en nous.

Faire face est tout autre chose qu'accepter. C'est être capable d'affronter le regard des victimes, savoir leur laisser la parole. Il est peut-être trop tard, bien trop tard pour les morts, mais laissons ceux qui en ont réchappé nous la raconter, cette Grande Catastrophe. Nous, qui sommes désormais un autre "nous".

Un dernier mot avant le 1er Mai : la place Taksim est à nous, ceux qui y sont morts à tout le monde… Chaque fois que nous marcherons vers cette place méconnaissable, malgré les matraques, les canons à eau, les lacrymos, chaque fois que nous en prendrons le chemin, elle sera "à nous".

SANS COMMENCEMENT NI FIN

Des feuilles blanches, à perte de vue. Plates, maigres, monotones, arides… Emplies de désolation, d'ombres et d'échos, comme des temples abandonnés. Des symboles en miettes, couverts de poussière, des images confuses, des ombres sans nom, des phrases sans fin… Piles, strates de blancheur sédimentée, avalant tous les regards, les incorporant dans sa matière… Des lignes qui attendent et enflent, ouvertes comme des yeux exorbités : lignes non écrites. Mondes dont la flamme s'est éteinte, froids depuis longtemps déjà, réduits en cendres pour n'avoir pas su en renaître. Odeur de pourriture s'infiltrant partout et en toute chose. Voix évanouies, images attendant qu'on les déterre, ombres hantant les chemins secrets de la mémoire… Fantômes cherchant à tâtons la lumière du jour entre les ruines… Vases noires des alluvions du silence, temps fermé à double tour, s'asséchant dans son propre lit. Rêves oubliés, sempiternellement oubliés, racines nouées, visages effacés, sons inouïs, inachevés… S'effondrant toujours plus dans le gouffre de ce qui a passé, qui est perdu à jamais, comme des traces que le sable recouvre… Le vague d'un dernier soupir, peut-être venu d'un passé enterré vif… Leurs images peut-être déjà morcelées, l'anéantissement final, le plus cru, dans leur sommeil, de dieux oubliés et oublieux, désormais retirés… Yeux tricotés comme les mailles d'une cloison, phrases pétrifiées dans l'instant où elles jaillissent d'un cœur déchiqueté… Créature à la face de verre du miroir qui la rend possible, masque respirant son propre vide, flots grondants de l'infini qui s'éclate sur les rivages de la vie. Mots qui circulent dans l'obscurité hurlante comme happés dans une tornade. Comme arrivant à l'instant du pays des morts, dispersés par un vent de colère, les mots qui se séparent et s'unissent, s'allument et s'éteignent, et meurent pour qu'un monde se recrée…

*

Des feuilles blanches, à perte de vue, ainsi ai-je commencé, dans les derniers jours de décembre… C'était l'anniversaire de trois massacres. J'ai écrit quatre récits croisés sur Maraş, trois textes sur Roboski, et pendant des mois sur le “Retour à la Vie”, la prison d'Ulucanlar et les Type F*, les

* Nouvelles prisons avec cellules individuelles (isolement) construites dans les années 2000.

morts des grèves de la faim. Que des textes dont le dernier mot n'a pas été dit, qui sont restés inachevés, en définitive non écrits… Entre chaque paragraphe et le suivant, de nouveaux massacres, de nouveaux crimes, de nouveaux assassinats, les anniversaires de janvier…

Cette fois la mort a attaqué de toutes parts, elle a tout assiégé. Impitoyablement, sanguinairement, ironiquement…

Que ce texte aussi soit un requiem inachevé, ou qu'il en soit le début, sans commencement ni fin…

LA CARAVANE D'ESTROPIÉS

"Et jusqu'à ce que mon effroyable histoire soit racontée, dit un vieux poème, ce courage en moi ne cessera de brûler." Mais comment la raconter ? Les mots sont secs et nus, l'écorce d'un cri sans nom qui murmure à travers ses fissures, rien de plus. Après une longue route, au bout d'une longue mort… Mots mastiqués, effilochés, pétris d'ombre et de silence… L'écho de chacun désespérément, éternellement repris par les autres, figés dans le regard des morts… Une effroyable histoire attend là-bas, sur la rive opposée, dans l'intemporalité compatissante. Une route déserte, comme une tombe recouverte de terre, dans les ruines de tous les temps… Mon effroyable histoire attend là-bas, à l'endroit où la nuit se fait profonde, et me regarde de ses yeux habitués à l'obscurité. Comme si elle quêtait son double dans un miroir peuplé de fantômes… Elle parle, se tait, se souvient, oublie, rêve. Peut-être veut-elle parler dissimulée derrière un visage humain, un corps, un souffle, qu'importe, un début autant qu'une fin… Peut-être espère-t-elle l'infini, ou se mêler à la terre, se changer en pierre… Peut-être qu'elle regrette le ciel, la lumière… Un gouffre nous sépare, un gouffre nous unit. Elle se défait de son écorce bout par bout, elle s'arrache mot à mot, elle se mêle à l'obscurité que rien ne distingue de celle de la nuit. Elle se déverse sur la terre en suivant les voies empruntées par l'eau, et celles, tourbeuses, du monde des hommes…

Chaque mot est un miroir peuplé de fantômes, l'écho erratique de ce miroir, le gouffre creusé par les regards… Chaque mot est la plaie qu'ils se sont mutuellement taillée, avec le couteau qu'aiguisent les regards, le gouffre saignant…

*

Une fois de plus je tente de faire de la torture un "sujet", d'en rendre poreuses les limites… Et invariablement ma langue s'effrite, s'assombrit et perd sa voie. Ma position distanciée de journaliste pourrait peut-être m'aider à y parvenir, et je pourrais classer des faits concrets, criants. Les arrestations, les récits, les rapports médicaux, les résultats d'autopsie… "Tout le monde connaît ça, nom de Dieu, tout le monde l'a vécu d'une manière ou d'une autre." Évidemment, il y a des traces qui, même dix ans après, ne cicatriseront jamais, il y a les rapports de médecins dénonçant mille humiliations et passages à tabac, il y a un homme mort au cours d'un interrogatoire à trente-sept ans, il y a cette toute jeune fille qui a été violée, il y a les rapports d'autopsie... Mais pour ceux qui en parlent, et même pour ceux qui font leur sujet des viols et de la torture d'État, il y a partout, prêts et tout près, des lois, des verdicts et des ordres pour les incriminer de mensonge, de calomnies, de ceci, cela et d'encore autre chose. (Cette alliance sournoise qui exclut les victimes de viol en les enfermant dans leur solitude, et d'une façon ou d'une autre, finit par les traiter de "menteurs"...) Mais cette fois l'État de droit se montre tel qu'il est : trois policiers sont jugés pour avoir assassiné Süleyman Yeter*, l'un est acquitté, et l'autre, en invoquant sa "bonne conduite", le recours en cassation et la loi d'application des peines, s'en sort avec un mois de prison seulement! On ne fait même pas le procès des chefs d'équipe, et des années plus tard nous apprenons que l'un d'entre eux, qui devait ensuite monter encore en grade, avait déjà été jugé pour avoir pratiqué deux fois la torture, mais, conviction ayant été faite qu'il ne recommencerait plus, son nom ne figurait même plus dans les dossiers...

Peut-être est-ce la langue même du tortionnaire, cette langue injurieuse, souveraine, satisfaite

* Syndicaliste turc torturé à mort par des policiers turcs en 1999.

jusqu'au dernier degré, qui nous met le nez dans cette réalité, celle dans laquelle nous finirons par nous vautrer : "Quand on entrait dans la prison, ils nous appelaient *la caravane d'estropiés* en se moquant, et ils se tordaient de rire." C'est leur rire, morbide et ivre des douleurs infligées, qui nous confronte à la réalité : nous sommes d'inguérissables blessés, d'irrémédiables estropiés… Au fond de nous-mêmes, là où la vie nous rattache à elle, nous ne cessons et cesserons jamais de saigner… Il ne s'agit pas seulement de celui qui voit ou pratique la torture, pas seulement du journaliste, du procureur ou du docteur qui ferme les yeux devant un tout jeune enfant soumis au supplice de l'estrapade jusqu'à la mort nerveuse… Nous tous… avons rejoint la Caravane des Estropiés et avançons pesamment avec elle… en chancelant, en titubant, à chaque pas sa douleur… à pas lents, comme lestés par un boulet, en souffrant, comme traînant une charge écrasante… En se désintégrant à chaque pas un peu plus, chaque instant un peu plus distants, un peu plus sourds, un peu plus égarés… Nos concepts, nos mots, nos identités en lambeaux pendus autour du cou, à perpétuité complices du crime…

Personne n'a entendu que sa nuque s'est brisée, pas même lui, Dieu merci… Mais là-bas, là où la nuit s'épaissit et où s'éteignent toutes les voix de la terre, l'infime cri d'un os qui se brise ne cesse de s'amplifier, il se diffuse, se répercute en échos infinis et désespérés, il trace sa propre voie. Vers le lieu de son énonciation, vers un cœur abandonné…

L'IMAGINATION AU POUVOIR

La guerre. Un concept, une réalité, un état propre à l'homme, une tragédie. Le noir motif sempiternel de ce qu'on appelle l'Histoire… Périlleux est toujours le "voyage" qui transforme les impressions en expérience, l'expérience en mots, mais quant à la guerre elle-même, une source d'"impressions"… Être pris dans le feu des mitrailles, par une nuit sans lune, chercher sa route dans une ville inconnue, arpenter avec un Bosniaque touché à la tête la rue qu'il défend… À l'orée de terres qui n'appartiennent à personne, au point zéro de la frontière, se faire bombarder pour avoir formé une chaîne pour la paix. J'ai senti qu'aucune de mes expériences passées ne m'avait préparée à cet instant. Et peut-être que même ceux qui subissent l'entraînement militaire le plus dur, lorsqu'ils sont confrontés à la réalité de la guerre, à cette réalité si contraire à la vie, si contraire même à la mort, ont le sentiment d'une irréalité et d'un égarement comparable.

J'avais conclu ma dernière chronique en me demandant quelle question Kobanê pourrait bien nous adresser... Kobanê ne tient assurément pas en quelques frappes, en quelques heures... De ceux qui s'y sont réfugiés et de ceux qui ont choisi de rester dans cette ville détruite et puant la mort, il faut raconter l'histoire, et celle des guérilleros, et des civils, des blessés éparpillés dans les hôpitaux d'Urfa, et aussi de ceux qui meurent en se vidant de leur sang parce qu'on ne leur a pas ouvert à temps les portes de la frontière... Et aussi de ceux qui attendent leurs enfants les yeux rivés sur la ville enfumée, et aussi des enfants du camp d'Arin Mizra... un par un, encore et encore... Jusqu'à ce qu'on les entende. Les enfants qui font des signes de victoire entre les tentes alignées... Les visages épuisés, sérieux, de ceux qui montent la garde depuis des semaines à la frontière, exposés aux tirs de harcèlement et aux gaz lacrymogènes : "Nous avons enterré tant de morts." La phrase que la mère d'un guérillero, me tenant la main au bout de la chaîne pour la paix, m'a apprise syllabe après syllabe, essayant de ne pas rire de ma prononciation : *"Bijî Berxwedana Kobanê* !"* (C'était la fin des années 1990. Je m'étais mêlée à un groupe de femmes qui essayaient de franchir un cordon policier pour marcher vers l'avenue Istiklal. De tous côtés pleuvaient des insultes,

* "Vive la résistance de Kobanê!" en kurde.

des menaces de lynchage, tous les trois pas des policiers qui brandissaient leurs matraques arrachaient une femme du groupe pour l'emmener en garde à vue. Il me semble que c'est ce jour-là que j'ai entendu ce mot : *Berxwedan*. C'était alors la 500e semaine des "Mères du Samedi*" qu'à cette époque les journaux choisissaient soit d'ignorer, soit de prendre pour cibles en première page !)

Moi, citoyenne d'un pays qui a fait tout son possible pour boucher un couloir qui s'était ouvert naturellement et ce depuis longtemps, d'un pays qui marchande l'aide humanitaire à apporter à une ville assiégée par de l'artillerie lourde, qui, lors des événements des 6 et 7 novembre, a déclaré "Nous n'accepterons pas les blessés tant que les manifestations n'auront pas cessé" – alors que dans le même temps étaient ouverts toutes les routes, les portes, les couloirs menant à DAESH ! – et qui a fermé les yeux sur la mort de douze blessés qui se sont vidés de leur sang, puis-je, moi, écrire le mot "paix" sans me couvrir de honte, je l'ignore. Mais je le répète au nom de mon droit à le dire. Nous qui croyons à la fraternité des mots et des

* Mouvement civil initié en 1995, qui rassemble, chaque samedi quand c'est possible, devant le lycée de Galatasaray au centre d'Istanbul, les mères de détenus morts ou disparus alors qu'ils étaient emprisonnés ou interrogés par la police, pour la plupart des Kurdes.

peuples et à l'immortalité de la parole, nous qui croyons au feu inextinguible de la résistance qui brûle dans l'âme humaine, à ce feu qui renaît chaque fois qu'un mot meurt, et qui croyons à ce rêve éclatant que nous nommons "liberté", nous le répéterons jusqu'à ce que soit ouvert un vrai couloir. Jusqu'à ce que soient arrachés tous ces fils de fer barbelé qui séparent l'homme de l'homme... Un couloir qui conduise du "je" au "tu", il ne suffit parfois que d'un petit pas, d'un seul mot, d'une voix même, mais pour pouvoir appeler cela un "couloir de l'humanité", il nous faudra encore marcher. "L'imagination au pouvoir!" (Tels sont les derniers mots de Suphi Nejat.)

Note : quelques erreurs se sont glissées dans la liste publiée des amis écrivains avec lesquels j'ai pris la route au départ d'Istanbul : Ayşegül Tözören, Gaye Boralıoğlu, Hatice Meryem, Sema Kaygusuz, Menekşe Toprak, Seray Şahiner, İlkay Akkaya, Vivet Kanetti, Sine Ergun, Murathan Mungan. J'ai trouvé dans la presse la liste de ceux qui nous ont rejoints de Diyarbakır, Batman et Ağrı, que ceux que j'oublierais m'en excusent : Aydın Alp, Azad Zal, Edip Polat, Eyüp Güven, Felate Dengizi, Hicri İzgören, Hogir Berbir, İsmail Dindar, Lal Laleş, Mehdi Perinçek, Fırat Ceweri, Muharrem Erbey, Sidar Jir, Yavuz Ekinci, Murat Özyaşar, Mehmet Yılmaz, Memirxan, Nihat Özdal, Osman

Özçelik, Remziye Arslan, Rizo Xerzi, Rodi Zinar, Şener Özmen, Roşen Rojbin, Sevinç Koçak, Vedat Çetin, Yavuz Ekinci, Zülküf Kışanak. Infinis remerciements à l'Association des écrivains kurdes et à PEN-Diyarbakır, aux députés du HDP qui nous ont accueillis, aux amis d'Eğitim-Sen et du barreau qui ont participé à la chaîne, et à tous ceux qui ont participé à la conférence "Une phrase pour Kobanê", tout particulièrement à Ayşegül et à Filiz. Quant aux phrases des écrivains qui n'ont pu être des nôtres ce jour-là, je les garde pour une prochaine chronique des "impressions d'Arin Mirkan".

*

Une photographie. Suruç, la frontière de Kobanê, le point zéro de la frontière. Le 25 octobre. La chaîne pour la paix. Le crépuscule. Crépuscule avant l'heure, s'assombrissant à toute allure, comme si ce n'étaient plus les dernières heures du jour mais déjà les ténèbres épaisses d'une nuit des hommes intemporelle. Qui s'infiltre et sombre au plus profond d'elle-même… Comme si ce n'était pas le soir triste et fatigué d'un monde qui n'a pas encore achevé sa rotation… Le cocon du monde faisant sa mue, se prépare à renaître une nouvelle fois, une fois encore, de ses cendres et de ses rêves, crépuscule que concrétise l'allongement des silhouettes humaines d'un bout à l'autre de la photographie.

Tournant le dos à l'horizon qui semble se tenir un pas derrière eux, des hommes tous d'un seul corps, qui dans l'anonymat, le flou des visages et des sexes, se sont libérés de leurs propres frontières… Comme la suite de notes d'une mélodie toujours inachevée, où chaque voix ajoute aux autres… Si en cet instant ils ne sont pas main dans la main, ils sont pourtant si proches que leurs destins s'enlacent, que leurs histoires et leurs ombres s'entremêlent, qu'un nouveau tout se forme d'eux. Tous les bras ou presque levés, tendus vers le ciel, envoyant peut-être un salut au loin, jusqu'aux plus lointaines frontières, une clameur, une révolte, comme indéniablement conscients de la fugacité du moment… Cinq minutes plus tard seulement, cette chaîne humaine se disloquera, ils remonteront dans leur bus, leurs voitures, ils retourneront à leurs existences personnelles. Chacun rendu à son propre voyage, à son propre oubli… Lueurs rubis, lilas, violettes sur un fond châtain, et l'horizon incandescent qui enveloppe la fugacité de toute chose… Dans les profondeurs, sous terre, les flammes ternes, se reflétant sur le ciel, d'une explosion, d'une fermentation douloureuse… Indécise au milieu des flammes, la silhouette d'une ville mi-transparente, mi-imaginaire. Le ciel nimbé des couleurs de la terre, qui attendent, qui envoûtent, qui agrandissent, les couleurs de la terre, et les heures, et les hommes, les hommes… Comme figés aux portes d'un monde qui englobe toute chose et accède à son sens le plus vrai et le plus profond, ils agitent la main vers le lointain, au-delà des plus lointaines frontières, par-delà la mort.

Je continuerai, si mon emploi du temps versatile me le permet – à vrai dire pas –, avec mes impressions de Suruç, de la guerre et de Kobanê. Je dois ajouter quelques notes. La dernière phrase de la lettre de Suphi Nejat Ağırnaslı dont j'avais lu le titre à la frontière. Le camp de tentes d'Arin Mizra, dont j'avais parlé dans ma dernière chronique, doit son nom à la mère de deux enfants qui s'étaient fait exploser sous les roues d'un tank. Il me faut aussi mentionner les noms de ceux qui voulaient venir à Suruç et qui n'ont pas pu, soit qu'ils n'aient pas été informés à temps, soit qu'ils n'aient pas pu se libérer, mais qui étaient avec nous en pensées : Can Öz, Emrah Serbes, Behçet Çelik, Burhan Sönmez, Sabri Kuşkonmaz, Ece Temelkuran, Özcan Karabulut, Mehmet Efe, qui nous a envoyé son poème "Ayni"… Nombreux aussi sont les poètes et écrivains qui de l'étranger nous ont envoyé leur soutien, leurs saluts, leurs phrases ou leurs poèmes : Eugene Schouldin (Norvège), Moris Farhi (Angleterre), Ingrid Rasch et Birgitta Walin (Suède), Tahar Bekri (Tunisie), Cécile Oumhani, Janine Gdalia, Paul de Brancion (France), Mona Latif-Ghattas (Égypte-Canada), Marilyn Hacker (États-Unis) et Birgitta Jónsdóttir (députée islandaise). Il me reste à citer la phrase de la poétesse américaine Marilyn Hacker : “Si je n’ai pu venir aujourd’hui, mon âme est avec vous, à la frontière, auprès des courageux défenseurs de Kobanê, dans l’espoir d’un monde qui n’aura plus jamais besoin de lutter par les armes…”

Dimanche dernier, dans le cadre d’activités visant à promouvoir la culture juive, une réception officielle était donnée à Neve Shalom. Les mots de remerciements prononcés en l’honneur de Recep Tayyip Erdoğan à la fin de la prière de l’Ha-noten* ont ouvert le feu des critiques dans la presse. Or, en tant que tradition diasporique, elle n’est pas spécifique à ce rite ni à la Turquie.

* Prière traditionnelle juive prononcée en l’honneur du président de la République de Turquie, une tradition remontant à l’époque ottomane, quand les Juifs séfarades chassés d’Espagne par la Reconquista catholique avaient trouvé refuge auprès du sultan d’Istanbul.

TEXTE INACHEVÉ

“Certaines choses s’apprennent avec le cœur, un cœur gonflé de sang!” ai-je écrit, puis j’ai mis un point au milieu du texte, deux points : *Newroz piroz be** *!* (“Histoire des origines”, 24 mars.) Une semaine après, j’allais reprendre là où j’en étais restée, j’allais m’aventurer à Sumer, à Babylone, dans la mythologie du Moyen-Orient. Le combat entre la lumière et l’ombre, entre le cosmos et le chaos, entre l’être et le néant. Le récit épique d’Enuma Eliş sur la fondation de Babylone, l’Épopée de la Création. Le dieu Marduk et le dragon femelle Tiamat. Le bien et le mal, le crime, le péché et la purification. Le cruel roi Dehak, et Djemshîd, Feridun, Kawa. L’esclavage

* “Joyeuse fête du Newroz!”, ou Nouvel An perse, en kurde. Fête célébrant le passage au printemps chez les peuples turcs et persans, à l’origine une tradition zoroastrienne. La fête du Newroz est en Turquie un événement hautement politique, encore interdit par la loi il y a quelques années.

et la libération. Les serpents, la conscience… “La mort est un maître”, du plus célèbre poème de Paul Celan, “Fugue de mort”, un maître jouant avec les serpents…

(Le cœur humain est un miroir, disaient les anciens. Un miroir vieux comme la pierre, quêtant une image qu'il voudrait conserver à jamais. Dur comme le diamant, regorgeant de mystères. Pétri dans la même glaise que le cœur de la terre…)

Mon but était d'écrire deux textes, l'un sur la plus vieille, la plus profonde et la plus sacrée des quêtes humaines, et l'autre un récit, ou plus exactement un texte sur le mythe du renouveau. La vie qui ne s'achève pas avec la mort, le destin ouvert sur l'infini, rejoignant l'infiniment petit et l'infiniment grand… La force et la transcendance de cette imagination humaine qui cherche et crée de l'infinité partout et en toute chose. Douze ans plus tard, je voulais de nouveau écrire sur l'inextinguible et silencieuse flamme de l'existence. Le cercle qui tourne au gré des siècles, des saisons, des oiseaux et des vents… J'ai envoyé la première partie de mon texte avec un retard “technique” de vingt-quatre heures. Le même jour, *Özgur Gündem** était imprimé, saisi et interdit. Coups de fil, SMS, e-mails… J'ai oublié de demander comment avait “fini” mon article ! C'est une

* Le journal pour lequel Aslı Erdoğan écrit ses chroniques.

douleur étrange, profonde, inexplicable, très blessante. Comme la douleur de s'être fait couper un membre et d'en être à tout jamais dépossédé, une souffrance fantôme…

Aujourd'hui, deux semaines après le Newroz, après la fête de Newroz durant laquelle deux personnes ont été tuées, des dizaines d'autres blessées et des centaines d'autres mises en garde à vue, je me demande comment continuer, par ce matin sombre et pluvieux. Cette ville d'Europe centrale entourée de montagnes, cette ville qui m'est parfaitement étrangère, cette ville où je me suis réfugiée comme dans un utérus de passage, froid et mouillé, elle aussi se prépare à célébrer son "Renouveau". Les cloches de Pâques sonnent depuis des heures, et ma douleur n'en est que plus grande.

(Autrefois, il y a bien longtemps, en cet âge d'or qu'on ne reverra jamais, alors que l'éternité ne se heurtait pas encore au temps, il y avait de la lumière. Et le verbe. Et le cœur né du verbe. La terre et la forme. Mais rien de tout cela n'était suffisant pour que s'épanouisse le monde des hommes. Les dieux apprirent à se déchirer. On commit le premier meurtre, un homme tua son frère. Le sang se mélangea à l'eau, la lumière au cri… Encore balbutiante, la parole quitta la bouche du mort à jamais, elle s'arracha à son cœur, la forme oublia le visage. Tel un rideau rouge, le sang se déploya entre la mort et la vie… C'est dans cet intervalle que se situent nos existences à jamais inachevées, incomplètes, dans nos cœurs où chaque jour un dieu en égorge un autre, et chaque jour nous sommes voués à renaître de l'union du sang et du rêve.)

Voilà sept ans que j'ai écrit ce petit paragraphe que j'ai appelé "Le premier meurtre", laissé entre parenthèses comme bien d'autres phrases… Pour une raison ou une autre, j'hésitais à l'insérer dans la première partie de mon texte. Or, si elle ne parle ni du sang ni du déchirement, "L'Histoire des origines" reste inachevée, incompréhensible, inanimée.

(Puis, tout se met à brûler d'une flamme dorée. Et atteint une luminosité qui se refuse même à la lumière du jour, image qu'on dirait dessinée par un pinceau de pure lumière, nue, infinie, parfaite. Comme si l'écorce des objets s'était fendue, que le scintillement dissimulé dans leurs entrailles, pour un instant seulement, jaillissait au-dehors. T'y voilà enfin arrivé, dans la douleur, au cœur de ce monde qu'il y a des années tu t'es planté dans la chair… Tu as fini par exhumer ton mystère. Ce chant qui dit que tout cela N'A PAS ÉTÉ VAIN. Mais ce chant à son tour s'évanouit dans le silence. T'abandonnant en arrière, au creux des pierres… La pure lumière et l'éternité. Voilà enfin que tu as trouvé ta place dans le tableau ! Une pierre muette qui attend son heure entre ciel et terre. Et c'est en refusant d'achever l'histoire de cette pierre que tu inventeras la tienne.)

Pour l'heure je me contente de cela, des cloches d'une ville étrangère, de récits inachevés, de mots vides comme des semailles. De la pure lumière et de l'éternité, d'un cœur gonflé de sang qui souffre comme un membre perdu… (Si le destin me sourit, je finirai ce texte sur Newroz dans l'année !)

Post-scriptum : un premier roman envoyé depuis la prison de Bolu m'est parvenu il y a quelques semaines. J'ai lu *Le Temps des mûres* ce jour-là, dans l'heure. Je vous remercie infiniment d'avoir partagé avec moi ce texte si sobre et si vrai, si triste et si beau.

À LA NUIT

Le climat a changé, c'est devenu la Sibérie ici ! La température est négative le jour, et la nuit... j'ai peur qu'on descende jusqu'à moins vingt. Et maintenant, après toute cette neige genevoise que je n'ai même pas réussi à supporter plus de deux heures, dans un état fiévreux, souffrante, fatiguée de vivre, me mettre à écrire "politique"... Tailler ton crayon, te donner raison de dire que "le climat a beaucoup changé", aligner les phrases et les analyses, trouver des façons élégantes de dire "j'ai dit que"... Après avoir été obligée, dans pareil état de lassitude, de parler, des heures durant, de réalité et de fiction, de "je" et de l'autre, de la mort et de l'infini ! Alors que c'est généralement le contraire, toute la journée je parle de "politique", c'est-à-dire des problèmes de la Turquie, inchangés d'un iota, avant de retourner à ma fenêtre retrouver ma nuit. Encore une nuit à contempler l'obscurité, à regarder le monde depuis mon visage de femme exténuée qui se dessine sur une vitre gelée, à espérer une aube nouvelle.

Écrire, contre la nuit, avec la nuit... Avec sa langue, ses hésitations, ses répétitions... À l'aide de ses mots somnambuliques, de sa mémoire qui se terre en elle-même... À la flamme vacillante d'une bougie qui brûle toujours dans le cœur, au point de bascule... À la lueur d'une étoile qui continue de briller, bien que morte depuis longtemps, et que tu as rapportée des confins... Regarder la nuit où ne pénètre aucun regard, enfermer le vide infini entre les points et les lignes, tracer des embranchements dans l'obscurité, toucher de ses mille doigts effilés les ombres et leurs objets... S'ouvrir de toutes ses forces à un cri noir auquel tu n'as pas su répondre, l'emplir d'une voix errante... Divaguer, se répercuter en écho dans les chuchotements de l'obscurité, s'évanouir et disparaître... Se précipiter en avant, obéissant tantôt à la lumière, tantôt à l'ombre, se traîner au loin sur la route des images... Regarder dans le gouffre que nul regard ne peut combler. Exhumer sa propre forme des abysses du vide... Abandonner, se retirer, attendre. Comme une matrice grosse de sang. Laisser un mot venir à toi et parler en toi... Se contenter de ce ciel, de cette terre, de ce silence. À l'aide de ce destin qui trouvera son terme dans un autre monde, plus réel ou plus fantastique... Qui prendra son sens dans un autre monde, retourné à la cendre ou encore à naître… Se contenter du fugace espoir que font naître les phrases… Pour l'heure, attendre cette chose que, faute d'un autre nom, tu appelles la vie… Suivre le surgissement de ton visage sur le papier maculé, absolument désolé et transparent, suivre sa disparition, et, peu importe s'il est le tien, son épanchement sur les pages encore vierges… Son inclusion dans le jour neuf qui se dessine dans les brumes de l'horizon… Faire apparaître, sur ta propre figure, cette solitude que tu appelles le monde… Nue, couverte de sang, souillée de boue. Telle qu'au commencement. Comme désormais mieux préparée, mais sans savoir si c'est à renaître ou à mourir.

Un monde vide, à moitié imaginaire. Des toits couverts de neige, des arbres gelés, des routes courant à la nuit. Au-delà de toute chose, une lumière couleur de nacre, faible, irréelle. Une vallée de lumière qui s'allume soudain dans l'obscurité, une fissure éclatante, couleur d'os, une lumière triste qui semble surgir de la terre plutôt que du ciel. Comme la réverbération d'une flamme qui rougeoie d'elle-même dans les profondeurs de la terre. Froide et spectrale comme la lumière de la lune dont le reflet joue sur la neige, atone et immobile comme une tache que le temps aurait laissée dans le sillage de son reflux. Une étincelle cristallisée en suspens dans l'air, une goutte tombée de la lumière du jour. Lumière triste filtrant hors des abysses, des profondeurs de ce que certains nomment “enfer”, de tout ce qui est perdu ou qui se perdra. Peut-être est-ce là la première lueur à l’origine de tout, antique comme le verbe, existant partout et de tout temps, coulant à l’infini… Avec l’espoir de réussir à faire parler les ombres… Peut-être est-ce un miroir que la nuit tient entre ses paumes, dans l’espoir que les morts comme les songes pourront une dernière fois s’y mirer… Ou rien que le héraut venu annoncer un lendemain que certains appellent avenir, ou de la tempête…

ATTENDU QUE…

Autrefois, il y a bien longtemps, en cet âge d'or qu'on ne reverra jamais, alors que l'éternité ne se heurtait pas encore au temps, il y avait de la lumière. Et le verbe. Et le cœur né du verbe. La terre et la forme. Mais rien de tout cela n'était suffisant pour que s'épanouisse le monde des hommes. Les dieux apprirent à se déchirer. On commit le premier meurtre, un homme tua son frère. Le sang se mélangea à l'eau, la lumière au cri… Encore balbutiante, la parole quitta la bouche du mort à jamais, elle s'arracha à son cœur, la forme oublia le visage. Tel un rideau rouge, le sang se déploya entre la mort et la vie… C'est dans cet intervalle que se situent nos existences à jamais inachevées, incomplètes, dans nos cœurs où chaque jour un dieu en égorge un autre, et chaque jour nous sommes voués à renaître de l'union du sang et du rêve.

*

Nous, citadines assassinées, mises en pièces à force de petits crimes qui ne pèsent rien, nous nous trouvons réunies dans la cave du splendide palais qu'on a construit pour nous. Entassées, côte à côte, épaule contre épaule, face à face… Tels des anges s'évertuant à battre des ailes qu'ils n'ont pas la place d'ouvrir. Nous sommes si proches les unes des autres que les larmes de l'une coulent sur les joues de l'autre, y laissant une trace couleur de vie… Mélangée au rimmel, à la poudre, à la boue. "Nous finirons bien par nous envoler, disons-nous en chœur, nous sommes sur la bonne voie…" Nos visages se seront effacés le jour où nous aurons décidé de revenir. Nous nous disperserons ligne par ligne, lettre après lettre. Nous noircirons des mots, nous essaimerons comme des graines dans le désert, et à l'heure de nous changer en pluie, nous jouerons un mythe dédié à l'éternité.

*

Une personne est choisie. Une personne seulement est choisie pour faire son retour. Sur la croix mille fois utilisée, le jeune sang se mêle au vieux. Le bois aveugle absorbe tout, car le pays des arbres est sa mémoire. Il enlace doucement chaque corps. La solitude est de la rouille s'infiltrant dans les veines, remontant des poignets jusqu'au cœur.

Dans l'infinie froideur de la nuit, les morts sont rassemblés autour du feu d'un banquet tenu dans le désert. On distribue en silence des pains d'eau et de sable. Personne ne parle. Personne n'a peur. Personne n'espère. Les étoiles s'éteignent une à une, tombant du ciel comme de la pluie sur les yeux de ceux qui ne voient pas… La lumière est un souvenir qui luit en chacun.

Quelqu'un qui cherche sa propre enfance retourne les cadavres un à un, il leur ferme les yeux en murmurant un requiem. Le chant se répand en nous, au plus profond de nous, il se répand dans le silence de la nuit… Ce requiem, c'est le mutisme rouillé qui nous saisit lorsque nous regardons les étoiles ou que nous cherchons parmi les tombes ceux que nous avons aimés… Lorsque nous versons de l'eau dans la mer en espérant que les noyés la boiront…

*

Attendu que je suis le corps qui accouche du temps, que je suis la mémoire de tous les secrets, ceux des eaux et de la première lueur s'accouplant avec l'ombre, que je suis la matrice, la mélodie qui initie toute chose, que je suis la poitrine emplie de lait, que je suis la terre sortant de son sommeil, pourquoi ne pourrais-je pas voir le jour ? Attendu que je suis tout cela, pourquoi même ma peine ne m'appartiendrait-elle pas ? Devrait-ce durer mille ans que jamais je ne prendrais forme, pourquoi jusqu'à ce jour n'ai-je pas pu trouver dans les légendes, les concepts, les images, ne fût-ce qu'un mot auquel m'identifier ? Et si je ne suis rien qui soit prononcé pour la première fois sous le ciel, de quel cri suis-je l'écho ? De quel silence ? Et si j'étais la lune tant de fois morte et ressuscitée, naissant et croissant du néant, traînant dans son sillage les eaux des océans, comment pourrais-je si bien connaître les lointains, la fin ?

Attendu que l'enfer est à ma portée… Alors qui m'a vaincu ?

*

(Je suis malade depuis longtemps. Au point de ne plus pouvoir écrire… De faire ce que je n'aime pas, faire semblant d'écrire, griffonner quelques notes et, faute d'y parvenir, je me réfugie dans la littérature, dans mes textes antérieurs. À la recherche du moindre mot que je pourrais y trouver… Dans un lieu et une époque d'où la littérature est exclue… Privée de télévision, d'internet et de journaux, je pourrais dire que les dix derniers jours ont été une "purge" loin de toute agressivité contagieuse, notamment celle des chroniques journalistiques, et que c'est en lisant Dostoïevski, uniquement lui, que j'ai approché la vérité… Ma propre vérité. En attendant dans un lieu pris entre le dit et le “tu”, entre le vécu et le non-vécu, entre ce qui est perdu et ce qui le sera… À chaque instant condamnée à brûler dans les flammes, enveloppée de fumée, bardée de lumière et d’obscurité, d’ombres, de rêves. Mais en temps de guerre, qui a besoin de vérité… Qui ?)

LES DISPARUS, UNE PERTE

Textes personnellement adressés aux anonymes… J'ai bien peur de m'être éloignée de cet objectif qui était le mien, depuis maintenant deux semaines que je cours dans tous les sens, de la porte d'un tribunal à un festival de littérature en Norvège, puis en sens inverse… Prise dans une telle course, je n'ai pas pu me rendre au 16e anniversaire des "Mères du Samedi", mouvement auquel j'ai pris une part très active à la fin des années 1990, et sur lequel j'ai tant écrit. Il y a une manifestation dont je me souviens particulièrement. À chaque coin de rue, trois paires d'yeux braquées sur le cortège des femmes qui essayaient de marcher en silence jusqu'au lycée de Galatasaray… Les regards de la foule de Beyoğlu, indifférents, méprisants, parfois ostensiblement haineux… Les menottes brandies en l'air. La troupe des femmes marchant avec fierté, sans un bruit, sans scander de slogans, sans jamais pousser ne serait-ce qu'un cri. Nous nous tenions presque par la main, un lien profond nous unissait, une résistance qui transcendait la peine et toute forme de peur (pour ma part, au-delà de la peur de recevoir gifles, coups de pied, insultes, c'était surtout la peur innommable de la jouissance que crée la violence qui me terrifiait jusqu'à la moelle)… Pour un seul être aimé, pour qu'il vive au-delà de sa disparition… Une résistance que les décennies n'ont pas su entamer, que les femmes connaissent mieux que quiconque et qu'elles savent assumer, dans ce monde fondé sur la dichotomie vaincre / être vaincu. Je n'ai qu'à entendre les cris et la supplique "donnez-nous juste un bout d'ongle" de ces femmes qui cherchent désespérément les dépouilles de leurs enfants, dépouilles pour la plupart marquées d'atroces sévices, brûlées, torturées… J'y ai réfléchi par deux fois avant d'écrire depuis le cœur de l'horreur… En soi, la littérature est un effort de confrontation et de conciliation. Mais lorsque la violence bat son plein, quelle conciliation est encore possible?

Une "perte". Avec elle, ce ne sont pas seulement les plus belles et les plus significatives années de ma vie que j'ai perdues, mais aussi mes derniers espoirs de lueur, de couleurs, de levers de soleil, de bonheur. En hommage à la Semaine des Disparus qui s'est écoulée, j'ai rassemblé certains de mes textes antérieurs et des extraits du *Bâtiment de pierre**.

* Roman d'Aslı Erdoğan paru en 2013 chez Actes Sud. Traduction de Jean Descat.

*

N'avez-vous jamais assisté au départ sans retour de quelqu'un que vous aimiez ? C'était un matin semblable à tous les autres. Il a sauté le petit-déjeuner, fumé une cigarette à jeun. Il était nerveux, comme toujours le matin. Il a oublié son châle chez lui. Était-il plus inquiet ce matin-là, ou bien, comme vous deviez le penser par la suite, était-ce l'impression que vous aviez et qui n'a cessé de hanter votre mémoire ? Si seulement vous aviez su… Au lieu d'un adieu improvisé, vous l'auriez serré encore une fois dans vos bras. Vous ne l'auriez plus jamais laissé partir. Vous l'auriez attaché à vous avec tout ce que le monde compte de liens, toutes les promesses et tous les serments. Et s'il avait fallu arrêter la course du monde pour le retenir, vous l'auriez arrêtée. Si seulement vous aviez su…

N'avez-vous jamais attendu quelqu'un dont vous ne saviez pas ce qu'il était advenu ? Des heures, des jours, sans lâcher des yeux le téléphone, envahi d'espoirs déçus et de doutes affreux chaque fois qu'il sonnait. Comme si votre cœur pouvait à chaque seconde tomber par terre et se briser en mille morceaux. Vous ne supportez plus le murmure des heures, elles se dressent comme des murs. Vous retenez votre souffle au moindre bruit de pas dans l'escalier. C'était le voisin.

Les rues semblent s'être vidées. Un immense requiem parcourt le monde, et pourtant seule votre oreille le perçoit. Il doit bien y avoir une trace quelque part. Vos yeux fouillent les journaux, les jardins, les caves, les vitres d'autobus. Vous scrutez les arbres un par un, dans l'espoir d'y lire peut-être un signe gravé au couteau… Un manteau familier vous fait bondir le cœur.

Vous n'avez peut-être pas vécu cela, mais c'est le souvenir qui vous en est resté. Vous avez six ans, et personne ne peut comprendre que vous ayez tant de chagrin à cause d'un chaton. Votre regard est éteint, votre rire pour la première fois contrefait. Vous le cherchez pendant des jours, vous fouillez d'abord le jardin, puis la rue, puis élargissez le périmètre de recherches à tout le quartier. On vous promet un nouveau chaton. Votre mère invente une histoire à laquelle vous désireriez tant croire, elle l'appelle "paradis". Mais vous êtes un enfant, égoïste donc, et vous préférez l'avoir en vrai à vos côtés.

Un soir votre regard se perd dans le vide. Votre mère vous raconte encore la même histoire. Ça vous irrite l'oreille, vous vous taisez. Vous avez trouvé le chat, vous l'avez enterré en cachette. Ce sera votre premier secret. Votre première perte. Votre première tragédie.

Vous n'avez jamais eu un fils assassiné?

*

Tu as baissé la tête. Tes yeux semblent deux étoiles mouillées et esseulées dans le ciel caché par les feuillages. Je les ai oubliées, moi aussi. J'ai écarté les branches une à une, des jours, des nuits, des années durant je les ai écartées. Quand j'ai eu fini, tu étais parti depuis longtemps.

Autrefois j'ai aimé quelqu'un. Les oiseaux parlaient avec lui. Et si je demandais à ces deux tourterelles trempées qui se sont réfugiées sur le rebord de la fenêtre : "Où est-il à présent ?" Est-ce que l'une répondra "dans mon gosier", et l'autre "dans ma queue" ? Ou l'un sera l'autre, et tous deux ni l'un ni l'autre ? "Dites-moi où est sa tombe ?" demanderais-je… "Dans nos ailes, dans nos ailes…"

PARENTHÈSE

La pluie. Pluie de juillet, sauvage, tiède et tendre. De courte durée… Le visage triste et placide du ciel que j'aperçois depuis mes vasistas. Les nuages bas, la ville encerclée par des reliques de couleurs hivernales. Sous cette lumière blême, le jour s'étire en longueur, comme dans un tunnel.

Indécise, j'attends. À la fenêtre, à ma place habituelle, dans ce pays qui est le mien… À l'écoute de mon propre silence bien plus que des bruits du dehors… Le ciel immense, blanc comme de la nacre, blanc perle, blanc larme. Les yeux mi-clos, je continue de rêver. Comme si c'était la même pluie qui revenait chaque matin où j'écris… Et à mon tour il ne me reste plus qu'à attendre à la même fenêtre, qu'à écouter le même silence. À attribuer des noms aux mêmes impasses de la mémoire. Même la place du marché est silencieuse aujourd'hui, une voix d'enfant crie "de l'eau fraîche", une, deux, trois fois, puis abandonne. Les oiseaux sifflent sans interruption, pleins de joie. Un vieil homme descend à pas lents parmi les tombes, appuyé sur sa canne, vers une vallée où coulait autrefois un torrent…

Me voilà donc à ma place habituelle, dans ce pays qui est le mien, attendant sous le même ciel, sous la même pluie, sous le même toit, l'oreille tendue. Vers la rumeur jusqu'ici jamais entendue d'une ville lointaine. À la recherche des voix, de l'espoir, des cris, des signes… Comme si j'attendais dans un couloir ouvrant sur des pièces vides. Au milieu d'images familières, de sentiments érodés, de souvenirs passés au peigne fin, de vies absorbées jusqu'à s'être fichées dans la moelle de mes os… Au milieu des larmes, des adieux et des phrases que j'ai secrètement mis de côté… Murmure dont j'attends d'arracher mot par mot un récit. Pourtant, aujourd'hui rien ne semble vouloir sortir de moi. Rien qui ne veuille dire "je". Tracer un cercle aux traits bien délimités, finir une phrase, accepter un destin. Rien qui ne veuille d'un récit tissé de mots.

(Il arrive en effet que le cœur humain s'emplisse du désir de dire. S'il en est vide, il parlera toute la journée, passant du coq à l'âne, se plaignant, s'énervant, riant de lui-même… Est-ce là délire, ou illumination fulgurante, réponse tardive, dialogue constamment repoussé, on ne saurait le dire. Or, sitôt qu'on se met à écrire, on sent la conscience se rétracter et s'assécher, l'impossibilité d'avancer, l'incapacité de se décider à donner un temps à ses verbes, un sujet à ses phrases. Comme si effectivement, plus rien ne vous chuchotait à l'oreille, pas même un songe.)

Les morts, les meurtres, les disparus… Peut-être que certaines choses ne peuvent être racontées autrement que par elles-mêmes. Les mettre en mots, c'est faire œuvre d'historien, sans plus. C'est une raison valide pour écrire et, quand bien même il ne s'agit que de la tentative de livrer un morceau de sa propre histoire personnelle, suffisamment significative. Mais lorsqu'en "racontant", on se déshabille… On se retrouve nu, la chair à vif, dans le désert des mots.

(Raconter un autre dimanche, dans une autre ville, sous une autre pluie, un dimanche où j'ai tant pleuré… Raconter l'exil, les disparus, Maraş… S'il arrive parfois qu'on ne réussisse à rien raconter, ce n'est pas par manque de sensibilité, mais par défaut de cruauté… Par incapacité à ajuster la distance nécessaire… On n'entre pas dans le sang de l'autre.)

J'attends devant la fenêtre ouverte, sur la frontière imprécise entre le dit et le non-dit, entre le passé et le présent, entre moi et l'autre… Accompagnée de mes peurs soudain décuplées, de mes émotions rongées d'amertume, de mes doigts qui sentent la cendre, j'écoute venir un mot hors du silence du monde. Les nuages bouchent le ciel, les oiseaux se réfugient sur les toits, sous les auvents, sur le bord des fenêtres.

Le bruit de la pluie envahit la pièce.

(C'était quelqu'un que j'aimais beaucoup, il parlait avec les oiseaux. Et si je demandais à ces deux tourterelles trempées qui se sont réfugiées sur le rebord de la fenêtre : "Où est-il à présent ?" Est-ce que l'une répondra "dans mon gosier", et l'autre "dans ma queue" ? Ou l'un sera l'autre, et tous deux ni l'un ni l'autre ? Et si je leur demande : "Où est sa tombe ? dites-le-moi"… "Dans nos ailes, dans nos ailes…")

PREMIER TEXTE, PREMIER SILENCE

À partir d'un certain point, il n'y a plus de retour en arrière.
C'est ce point-là qu'il faut atteindre.

FRANZ KAFKA*

En 1997, une femme qui ne pesait plus que quarante-quatre kilos commençait son roman par cette citation et se préparait à écrire et mourir. Quinze ans plus tard, quinze longues années de purgatoire qu'elle n'avait pas prises en compte, elle enseignait, encore et toujours, qu'écrire ou raconter mène à la captivité autant qu'à la libération, que c'est un voyage qui vous condamne à vivre, et à sauver de la mort qui leur est promise les hommes, un seul ou mille, que vous y avez embarqués. En ironisant encore et

* Extrait de *Réflexions sur le péché, la souffrance, l'espérance et le vrai chemin*. Notre traduction depuis l'allemand.

toujours, avec une méthode, un mensonge, un piège chaque fois différents… Être condamné à vivre, c'est-à-dire à tout ce dont la mort dépossède… À cette monstruosité que nous appelons la vie quotidienne, à l'égoïsme et à l'avidité des hommes, aux peurs qu'ils cachent sous tant d'apparences… Être condamné à ce qu'a d'intolérable la condition humaine, dont nous venons à bout en multipliant les identités, à ses mille visages différents, à son indéfinissable et intenable splendeur… À peine revenue du Brésil, elle avait toujours froid, elle était faible, vulnérable. Était-ce l'impossibilité du retour en arrière qui rendait un être aussi vulnérable, elle n'en savait rien. Comme s'il y avait une voix insistante qui attendait de reprendre corps, qui voulait prendre langue… Appelant le pas au-delà, et ne promettant rien d'autre… (Je me suis souvenue de cela en regardant le portrait que Memed Boğatekin* a envoyé depuis sa prison. Je me suis demandé comment il avait ressenti les coups qu'avait reçus et que recevrait encore cette femme maigre, assénés par-derrière, non pas dans le dos mais en plein sur la nuque, sur la moelle épinière. Peut-être qu'être frappé par-derrière n'est qu'un post-scriptum à l'histoire humaine… La plupart du temps nous oublions que cette flèche, qui arrive des nuages et se change en mots, images et rêves de sang,

* Caricaturiste turc incarcéré.

que cette flèche a été tirée afin que nous parvenions à nous aimer, dans l'espoir que nous y réussissions mieux.

L'année 1993, cette année que j'ai vécue avec les migrants africains noirs d'Istanbul (je remercie le journal pour ce terme, n'ayant pas réussi par moi-même à en trouver un de valeur universelle et dépourvu de connotation raciste), je n'ai rien pu en raconter, hormis un seul article de journal. J'ai beaucoup essayé. À tort et à travers, sans queue ni tête… Comme on essaie de faire sauter un bouchon soit trop sec, soit trop bien enfoncé… Les humiliations, les insultes, les bastonnades, les agressions, les viols… La solitude, le désespoir, rester seul dans un endroit où personne ne vient ni ne viendra vous trouver… La peur, incontrôlable dès que le soir tombe, qui vous réveille en sursaut dix, vingt fois par nuit… Et la culpabilité, qui à chaque pas vient ronger cette innocence dont tout le monde se fiche bien : la culpabilité d'être encore en vie, d'avoir survécu, grâce à la chance ou la persévérance, à de l'aide ou à un miracle, grâce à un privilège ou au silence… Et des années plus tard, quand vous vous mettez à raconter, peut-être à tort, peut-être pas sans travers, l'un de ces mille souvenirs effrayants qui se sont mélangés entre eux, le plus facile à exprimer, celui qui pourrait tenir en quelques phrases, enfin quand vous laissez jaillir le flot hors du puits… Le regard figé, cramponné à ce courage que vous avez attrapé par le bout de la queue, et sans verser de larmes, il ne vous reste, pour seul héroïsme, dont pourtant vous croyiez vous glorifier, que celui-ci : ne pas pleurer… En vous égarant lentement et douloureusement entre les murs des mots qui se dressent… Tôt ou tard se dessine le verdict impérieux, sans concession et inébranlable : il n'y a pas de racisme en Turquie, il n'y en a jamais eu, et il n'y en aura pas, pour telle et telle raison… Le verdict, tôt ou tard, est tombé, la plume brisée, et le véritable exil commence. L'exil qui chasse l'homme hors de ses propres récits, de récits dont la réalité même est déniée.

Quand j'ai dit que la plus effroyable cruauté que l'homme commet envers l'homme est de lui voler jusqu'à ses propres traumatismes, je parlais d'expérience personnelle. C'est dans les limites de cette expérience que j'essaie de comprendre les Arméniens, ces Arméniens dont depuis un siècle nous annonçons, à grands cris et à grand renfort de pancartes, d'insultes et de balles, que non, ils n'ont pas été assassinés sur notre sol… Ou bien, depuis cent ans toujours, les Kurdes, dont nous annonçons qu'ils n'ont pas vécu avant nous sur ces terres, ces Kurdes que nous informons, au cas où ils voudraient continuer à vivre parmi nous, qu'ils pourront le faire en se pliant à nos conditions et à nos conceptions… Mais nos réactions, au mieux, ne font que trahir nos propres mensonges et nos propres crimes… À neuf heures du matin, derrière le bâtiment du tribunal où avait lieu un procès pour meurtre, un monsieur en costume, rasé de près, dit en voyant le portrait de Hrant à ma boutonnière : "Un Arménien ? Bien fait pour lui !", par exemple. On requiert six fois la perpétuité pour quelqu'un ayant participé à une manifestation, et onze ans pour celui qui n'y a pas participé. (Loi misérable qui dans ce pays fait du port du keffieh kurde un "crime" !) On arrête pour "tentative d'homicide" les proches de gens déchiquetés par les missiles d'un F16, et pour "propagande" ceux ayant rapporté l'information que des enfants ont été violés en prison…

En 1993 j'ai écrit et envoyé aux journaux mon premier essai : "Qui sont les vrais cannibales ?" Jusqu'à ce jour, ce texte qui traitait du racisme et des races, de la nation, des rapports de classe, de l'image du "Noir" dans la presse turque, etc., n'a toujours pas été publié. Il était semble-t-il trop long, et vers la fin, dans la partie où je parlais des camps, trop sentimental. À l'automne 1993, les migrants africains ont été arrachés de chez eux lors d'une rafle policière, et enfermés dans un camp à Kangal, puis à Silopi, dans la région de Sivas, et péniblement dotés du statut de réfugiés. Sans doute que notre presse, qui ne manque jamais de faire ses gros titres des rafles contre les dealers, n'a pas considéré celle-là comme digne d'être rapportée. (En dehors d'un article dans *Panorama*, des mois plus tard.) Une dispute ayant éclaté dans le camp de Silopi au sujet de l'emplacement d'une tente, on a envoyé les tanks sur le porte-parole des Africains, qui s'était élevé pour empêcher la destruction des tentes.

Au début de mon premier article qui n'a jamais été publié, il y avait un jeune Soudanais encore en vie… Est-il encore en vie et en bonne santé, jusqu'ici personne ne s'est posé la question. Et en dehors de la "presse kurde", personne ne s'est intéressé au témoignage que j'ai fait de ces jours-là. Mais l'été dernier, j'ai pu lire en première page d'un journal que nous avions acheté de nouveaux chars d'assaut, des chars d'assaut tout neufs que l'on pourrait équiper de mitrailleuses automatiques… Ce qui veut dire que ces sujets concernent beaucoup de lecteurs, du moment qu'on ne parle pas des innocents déchiquetés par les chenilles des tanks et des chars… Le jour où l'on racontera leur histoire… Mais après tout, pourquoi donc écouter une histoire qui ne nous intéresse même pas ?

AINSI FAISONS-NOUS NOS ADIEUX

Drôle de matin. Clair et limpide comme l'eau. Calme. Trop sombre pour un matin de juin. Sans espoir ni expectatives. Comme s'il n'avait pu naître en toute quiétude, le jour a atterri là tout à coup, parmi nous, dans le monde des hommes. Malgré tant de lumière, il semble n'être qu'un résidu des ombres de la nuit, à bout de forces. N'attendant rien d'autre que l'arrivée d'une nouvelle nuit. Mort-né…

Une demi-phrase : par une telle matinée, je me mets à la rédaction de "Une mort bien réelle" dont depuis plusieurs jours je n'arrive pas à venir à bout. Faut-il continuer ? Voici des semaines que je tourne autour d'une demi-phrase qui semble très ancienne, comme si elle avait été écrite il y a un demi-siècle, et qui dit "Nous sommes morts d'une mort bien réelle". Un texte en forme de cri sans réponse, de longue, très longue lettre d'adieux. Un texte contraint de prendre sur lui autant les mensonges que les réalités de la vie et de la mort. Où trouve-t-on la force de continuer ?

Un bref poème, très simple : “Nous ne pouvons faire le deuil des adieux. Le temps et les larmes nous manquent… Le souvenir même nous fait défaut. Puis nous éclatons en sanglots. Ainsi faisons-nous nos adieux*.”

Se mettre à écrire par un matin clair et limpide, calme et sans expectatives. Sur la mort, sur la politique mondiale… Analyser, observer, raisonner. Parler de la violence, de la peine, du meurtre. Donc de la guerre, de la paix, de la justice…

Ordonner les phrases. Affronter les assassins, faire parler les victimes. Regarder l’obscurité depuis la sienne, se mettre en route pour un nouveau cercle de l’enfer. Écrire sur les morts du jour et non sur ceux d’hier.

Or, pour raconter la vie d’un homme, il faut raconter tout un univers. Égarer tout un univers. Pour raconter une seule mort… Un univers mort-né.

Un coup de fil : un coup de fil venu de l’étranger m’apprend l’attaque sanglante d’un bateau. Ils me demandent ce que je ressens, et si je peux écrire en deux jours un texte en anglais sur le sujet.

Je réponds : “Ça ne nous étonne plus, voilà ce qu’il y a de plus terrible dans l’histoire. Même si nous sommes horrifiés, rien ne nous étonne plus.”

* Poème écrit dans un camp par Taha Muhammad Ali (1931-2011), poète et conteur palestinien autodidacte.

Quelques photographies en noir et blanc : la mer. Des milliers de gens marchent vers la mer. La foule qui accourt chasse vers le large ceux qui sont déjà entrés dans l'eau jusqu'aux genoux. L'un d'eux, le dos chargé d'une énorme caisse, essaie de se maintenir en équilibre, agitant sa main libre pour demander de l'aide. Le visage affligé d'un autre dont les épaules croulent aussi sous le poids d'une charge. L'homme au premier plan, qui porte son vieux père sur les épaules, lui tend le bras, ils se donnent la main. Un enfant esseulé – il porte un béret de laine trempé et un pantalon remonté jusqu'aux genoux – regarde au loin, les lèvres closes, les dents serrées. Vous croyez d'abord qu'il pleure, mais il ne pleure pas, ou peut-être les larmes coulent-elles à l'intérieur. Il regarde l'horizon au loin, et sur l'horizon un point aveugle. Sans y voir. Comme un adieu… La mer qu'ils regardent, où ils entrent, vers laquelle ils fuient. Le large.

"La plupart des Palestiniens qui fuyaient les bombardements sont morts noyés", dit la légende de cette photographie qui date de 1948. La mer ne s'est pas fendue en deux, ces Palestiniens qui marchent vers la mer n'ont pas donné naissance à une légende, seulement à un document historique.

Sur une autre photographie, on voit un camp de réfugiés. C'est un matin d'hiver, une femme, pieds nus, marche dans la boue entre les tentes étroitement accolées les unes aux autres. Comme si elle traînait derrière elle le poids d'un passé insoutenable. Ou comme si ce passé la traînait en arrière, vers l'inconnu.

Dans les environs de Haïfa, un parc, des palmiers, des pièces d'échecs cachent le massacre qui y fut perpétré autrefois.

Sur une autre photographie, un bateau approchant du port transporte des milliers d'immigrants en provenance de l'Europe, joyeusement accueillis. Quelques années auparavant, nombre de bateaux transportant les Juifs qui fuyaient le génocide furent coulés.

Le bourreau et sa victime, aveugles et sourds l'un à l'autre, mais qui échangent si aisément leurs rôles. Une vieille histoire.

La plus sombre, la plus immuable.

Ce jour dont j'ai raté le lever est déjà bien entamé. J'éteins la lampe de bureau qui brûle sans discontinuer depuis des heures, je mets mon téléphone à charger.

PS : Le poème et les photographies dont je parle ici sont tirés du livre d'Ilan Pappé, *Le Nettoyage ethnique de la Palestine**.

* Historien israélien né en 1954, figure de proue d'une génération d'historiens qui se sont attachés à livrer une histoire critique du sionisme et de l'État d'Israël. Son livre *Le Nettoyage ethnique de la Palestine* a été publié en France en 2008, chez Fayard.

*

Drôle de matin. Sombre. Morne. Sans expectatives. Comme si, n'ayant pu naître en toute quiétude, ni avancer d'un pas, le jour avait atterri là tout à coup, parmi nous, dans le monde des hommes. Fait des résidus d'ombre que la nuit a laissés dans son sillage, des vestiges tumultueux de la tempête… Déjà écroulé de fatigue, comme s'il voulait fermer les yeux avant l'heure et rêver de la nuit.

"Ainsi faisons-nous nos adieux, a écrit Taha Muhammad Ali dans un camp de réfugiés palestiniens. Nous ne pouvons faire le deuil des adieux. Le temps et les larmes nous manquent… Le souvenir même nous fait défaut. Puis nous éclatons en sanglots. Ainsi faisons-nous nos adieux." Tout ce que nous écrivons n'est qu'une longue, très longue lettre d'adieux destinée à demeurer sans réponse. Évoquant tantôt les morts, tantôt la vie même…

À mesure que j'écris, le matin semble de plus en plus étrange. Les yeux clos, il se ferme sur lui-même, retiré dans sa coquille. Il s'emplit d'une lumière gris cendre. Il laisse s'enfuir les heures dans un silence colossal. Les images et les couleurs s'entremêlent puis s'effacent. Les lampes brûlent, elles refoulent les ombres. Les mots sont entourés d'un gigantesque halo de silence. L'aiguille des heures avance puis recule, immobilisée sur toujours sur la même seconde. Il se change en réveil couleur de cendre, ce nouveau jour qui se refuse à blanchir.

Une photographie : la mer. Ils courent vers la mer, les Palestiniens, par milliers, par dizaines de milliers, ceux qui arrivent sur le rivage, le dos chargé – de caisses, de ballots, de vieillards –, enlèvent leur pantalon et entrent dans l'eau. Un enfant esseulé – de onze ans, portant un béret de laine, trempé – regarde au loin, un point aveugle sur l'horizon. Les dents serrées, les lèvres closes. Il semble pleurer. Mais il ne pleure pas, il fait ses adieux. Pas au rivage, ni à la mer, ni au passé, mais à l'avenir.

Ils s'enfuient, implorent, courent vers les barques et les bateaux de pêche. Ce qu'ils regardent, l'endroit où ils cherchent asile, c'est la mer. Le large. La mort vide le rivage où ils font leurs adieux à la mer. "La plupart des Palestiniens qui fuyaient les bombardements sont morts noyés", dit la légende de cette photographie qui date de 1948.

Une brève histoire, très simple : trois enfants pieds nus se cachent dans une maison de la rue Esperanza (de l'Espoir), ils sont attrapés par la police et assassinés en place publique. Ils avaient supplié le propriétaire de la maison avec ces mots : "Cachez-nous, s'il vous plaît. L'oppression est à nos trousses."

Dans cette histoire véritable que j'ai tirée du livre de Cabrera Infante sur Cuba, ce qui me tue, c'est la justesse avec laquelle ces trois va-nu-pieds, avant leur assassinat, parviennent à nommer leurs assassins : l'oppression.

L'oppression. Notre plus vieille et plus immuable histoire. Dans les camps de concentration, on appelait "traducteurs" les gourdins et matraques. Car ils parlaient une langue universelle… La victime qui se change en bourreau. Notre sombre histoire, déchirée.

Puisque nous sommes si familiers de l'oppression, pourquoi n'arrivons-nous pas à distinguer l'oppresseur de l'opprimé ? Pourquoi revenons-nous sans cesse à la langue de la guerre, qui sépare les morts en deux catégories, vainqueurs et vaincus ? Pourquoi la victime et le bourreau ne peuvent-ils dialoguer en nous ?

Les oiseaux volent bas. Le vent qui brusquement se lève apporte du large le parfum de la mer. Les cris des mouettes. Le battement d'une aile. Un piano joue et rejoue une sempiternelle mélodie. Les bruits du marché qui s'installe. La pluie commence à tomber, les voix sont étouffées. Le ciel semble par ses larmes se joindre au monde des hommes. À nos crimes, à nos histoires inachevées, maladroitement racontées… Goutte à goutte il se joint à la terre et au deuil…

Jour déjà bien entamé, dont j'ai raté le lever. À celui qui a su éviter la nuit, il ne reste ni récompense ni consolation. Les objets ont enfin atteint leur forme ultime, absolue, la surface de la terre regorge de couleurs, de lueurs, de sens. La lumière du jour est désormais une réalité sans fard, un pays neuf, étranger, un tout nouvel exil. Il me faut me départir de ce sinistre état d'âme, de cette existence striée comme une relique, un vestige d'obscurité. Il me faut créer un monde à partir des mots rescapés de l'orageuse nuit. Un monde qui trouvera son achèvement dans l'addition de tout ce que les regards y laisseront. Qui s'achèvera par le premier et le dernier regard, par tout ce qui est raconté et tout ce qui ne peut l'être, par le chant, dans les adieux...

Une mélodie au piano. La mer que le vent porte jusqu'ici. Les cris des mouettes. Un battement d'ailes. Réveil au parfum de pluie, couleur de lumière et de tulle. Monde accouché de lui-même, par un jour d'ores et déjà flétri, mort-né...

Réveil dans la lumière, dans la vie.

Post-scriptum : À cause de mon asthme que j'ai trop longtemps négligé de soigner, et qui la semaine passée m'a fortement éprouvée deux nuits de suite, je n'ai pas pu me rendre au Festival d'Eskişehir comme je l'avais promis. Je m'en excuse. Et profite également de l'occasion pour m'excuser une nouvelle fois pour Afyon et Kayseri, pour la parole que ces problèmes de santé m'ont empêchée de tenir. Et je remercie ceux qui s'inquiéteront pour moi après avoir lu ce post-scriptum, n'étant pas vraiment habituée à ce qu'on s'inquiète pour moi… Je finirai cette note par trop personnelle en remerciant Hakkı Devrim* pour son chaleureux accueil.

* Journaliste et éditorialiste turc (1929-2016).

TABLE

OUVRAGE RÉALISÉ
PAR L'ATELIER GRAPHIQUE ACTES SUD
REPRODUIT ET ACHEVÉ D'IMPRIMER
EN SEPTEMBRE 2017
PAR NORMANDIE ROTO IMPRESSION S.A.S.
À LONRAI
POUR LE COMPTE DES ÉDITIONS
ACTES SUD
LE MÉJAN
PLACE NINA-BERBEROVA
13200 ARLES

DÉPÔT LÉGAL
1re ÉDITION : JANVIER 2017
N° d'impression : 1704152
(Imprimé en France)